HÉSIODE ÉDITIONS

HENRY CÉARD

# La Saignée

Hésiode éditions

© Hésiode éditions.

1 rue Honoré - 93500 Pantin.
ISBN 978-2-38512-051-1
Dépôt légal : Octobre 2022

*Impression Books on Demand GmbH*

*In de Tarpen 42*
*22848 Norderstedt, Allemagne*

# La Saignée

# I

Dix heures du matin, un jour de la fin d'octobre, à Paris, pendant le siège. La veille, on s'est battu avec acharnement, là-bas, du côté de Saint-Denis, dans la boue. Les nouvelles sont mauvaises, les dépêches télégraphiques obscures, et dans les affiches blanches que vient de faire poser le gouvernement, on sent je ne sais quelle indécision, je ne sais quels mensonges. Les phrases sont confuses, ne disent rien. Sous l'apparente confiance des proclamations, on devine l'aveu involontaire d'un insuccès, la confession d'un désastre. Dans le brouillard, sous les crêpes mous d'un ciel en deuil, les marchands de journaux, comme de coutume, sont passés, criant les escarmouches, annonçant les rencontres, et leurs voix montent sinistrement le long des maisons noyées de brume. Encore une reculade, encore une défaite. Des canons sans gargousses, des renforts qui ne viennent pas, des avant-postes qu'on abandonne, des positions qu'on s'étonne d'avoir emportées et qu'on n'a pas l'air de s'être soucié de garder : demandez la prise du Bourget par les Prussiens : cinq centimes, un sou. Et les femmes que la maigre espérance de 250 grammes de viande pour deux jours met en queue, les pieds dans l'eau, à la porte encombrée des boucheries ; les gardes nationaux qui rentrent des remparts, courbaturés, crachant noir, les yeux cernés par une nuit d'insomnie et de faction montée, tout ce qui passe dans la rue achète et dévore le laconique renseignement du rapport officiel : les francs-tireurs repoussés, le village définitivement au pouvoir de l'ennemi qui s'y fortifie, un bataillon de mobiles des Batignolles fait prisonnier, tout entier. Les journaux donnent d'autres détails plus circonstanciés, et leurs récits particuliers aggravent le récit atténué des états-majors. Les troupes se sont bien battues, mais elles n'étaient pas assez nombreuses. Les régiments engagés n'ont pas été soutenus par les réserves, et le feu de l'ennemi les a décimés. On ne donne pas le chiffre des morts, pas davantage le chiffre des blessés, mais l'un et l'autre, on estime qu'il est considérable. D'effrayants racontars circulent. La défense est désormais impossible. On parle de capitulation. Dans les carrefours des gens soi-disant bien renseignés affirment que la nuit dernière M. Thiers est entré à Paris, porteur de propositions de paix. De bouche en bouche un mot court, un mot de désespérance et d'accusation : « Nous sommes trahis », et Paris tout entier le répète avec un accent farouche, au milieu du brouillard qui s'accroît.

L'émotion a gagné le général en chef. Des rapports de police lui ont appris tout à l'heure que là-haut, dans les faubourgs, l'émeute menace, et que les tambours parcourent les rues, battant la générale, de Belleville à Montmartre. Il a réuni ses officiers, tous sont là, ils écoutent. Avec lui, ils sont d'accord que tout a été fait de ce qu'on pouvait faire, ils jugent aussi que des discours suffiraient sans doute à calmer l'effervescence de la population. On propose d'afficher une nouvelle proclamation, et longtemps, dans la grande salle des séances, à l'hôtel de l'état-major, une plume a grincé, courant sur le papier. Au dehors, l'obscurité augmente. De lointaines clameurs, des sonneries de clairon que domine le retentissant : Aux armes citoyens du refrain de la Marseillaise, traversent l'air plein d'humidité, et battant un instant les carreaux tremblants dans leur rainure de mastic, viennent mourir au milieu de la salle pleine d'ombre.

L'homme chamarré qui vient d'écrire, relève la tête. Il demande une lampe, et haussant l'abat-jour, il tousse légèrement, parle de sa responsabilité personnelle. Puis, prenant une à une les feuilles de son manuscrit qu'il numérote avec soin, il dit :

– Ainsi messieurs, voici ce que je propose de faire afficher dans Paris.

Le général s'accoude, et lentement, détaillant ses phrases, soignant ses intonations, détachant les mots comme un acteur, il lit un long discours dans lequel il explique les sages raisons de ses temporisations, exalte ses retards, énumère les difficultés sans nombre, les chances possibles de la résistance. Quand il parle d'espoir, de succès définitif, de triomphe futur, un léger sourire d'ironie plisse sa lèvre moustachue. Devant lui, autour d'une grande table, l'état-major, par politesse ou reste inconscient de discipline, écoute, s'étudie à prendre de grands airs attentifs. Mais des mains distraites jouent avec des képis, des dragonnes de sabre, tourmentent sur les poitrines les rubans des décorations, la tresse d'or des aiguillettes, ou bien tournent et retournent sans fin, sur le tapis de drap vert, les plumes d'oie éparses et comme en déroute autour d'un gros encrier. Quelques-uns auxquels la patience échappe tordent rudement leur barbiche et, tour à tour, croisent et décroisent leurs jambes bottées dont les éperons mettent au milieu du silence un petit cri d'acier, le bruissement aigu d'une coccinelle. Dans un coin, debout, l'air railleur, le calepin à la main comme s'il prenait des notes, un jeune officier de mobiles croque au galop la charge de cette scène.

La proclamation est longue, interminablement. De temps en temps, le lecteur reprend haleine, et alors, malgré les fenêtres closes, les clameurs du dehors entrent plus violentes. Sur la place, des attelages roulent, des clairons sonnent, des commandements s'entre-croisent, une symphonie de cris et de piétinements s'élève hurlante, tandis que là-bas, les lointaines canonnades des forts lui font une basse formidable, continue. Un instant l'état-major semble prêter l'oreille, puis la lecture reprend somnolente et morne, berçant d'une torpeur vague ces gens en uniforme qui s'efforcent de donner de la gravité à leur ennui, de l'expression et de l'intelligence à leurs visages de chiens battus. Bientôt, le général s'interrompt brusquement. Les vociférations montent plus terribles et comme portées par un vent de haine. Dix mille voix exaspérées hurlent à l'unisson, et à travers les notes braillantes de la Marseillaise, sur l'air des Lampions, un cri est répété, un cri de prière et de menace : La sortie ! la sortie !

Un officier se lève, d'un geste impatienté ouvre la fenêtre, et fait deux pas sur le balcon. Alors, au-dessous de lui, de toute la place de l'Hôtel-de-Ville bondée de képis, hérissée de baïonnettes dont les pointes d'acier étincèlent vaguement en trouant le brouillard, et débordent à droite dans la rue de Rivoli ; en face, dans l'avenue Victoria où les arbres dépouillés mettent de fantastiques silhouettes ; à gauche, sur les quais bourrés de monde jusqu'aux parapets, un hurrah ironique éclate suivi d'une marée d'insultes. Certains, prenant l'officier pour le général en chef, l'injurient, et, l'interpelant avec des tutoiements, l'invitent à cacher « cette binette-là ». Dans la confusion, des voix rauques sont entendues qui demandent des armes ; d'autres veulent aller en avant, réclament la sortie en masse ; d'autres, croyant à un discours, hurlent pour imposer silence. Quelques-uns, répètent « Délégués, Délégués », proposent d'envoyer une députation qui s'entendrait avec le gouvernement, tandis que des enthousiastes agitent fiévreusement leurs képis, et crient : « bravo », de toutes leurs forces, au hasard, sans savoir pourquoi. Le calme n'arrive pas à se rétablir, et, comme l'officier, un peu pâle, se retire sans rien dire, un cri unique, plus menaçant et plus fort, déchire l'air brumeux, résumant toutes les colères et toutes les fièvres de la foule : « Capitulards ! Capitulards ! »

– Ces bons escargots de rempart, dit l'officier en fermant la fenêtre, il faudra qu'on finisse par leur faire une saignée, autrement, ils ne seront jamais contents.

Et, ramenant entre ses jambes le sabre qui lui bat au côté, il se rassied tranquillement. Autour de lui un sourire court, le mot est trouvé très spirituel. Le général même l'approuve d'un signe de tête, puis, il remonte la lampe qui fume, hausse la mèche, et ânonnant entre ses dents la dernière phrase, celle où il a dû s'interrompre, il se dispose à reprendre sa lecture.

Soudain des petits coups discrets sont frappés à la porte, un murmure de voix est entendu, comme la vague querelle d'un importun qu'un huissier refuse de laisser entrer. Bientôt, les coups recommencent, l'état-major écoute : « Aux armes, citoyens, formez vos bataillons, chante la foule sur la place avec un accent de désespoir que n'assourdissent ni les boiseries, ni les tentures ; « Marchons, marchons, qu'un sang impur abreuve nos sillons », et dans l'éclat suprême que les voix prennent, sur les dernières notes du refrain, la porte s'est ouverte, curieusement :

– Peut-on entrer ? Entre-t-on ? Bah ! tant pis, j'entre.

Alors, des talons de bottines résonnent sur le parquet au milieu d'un frou-frou de jupons empesés, et une femme fait irruption dans la salle, souriante.

Son chapeau noir, de forme très simple, est orné d'une cocarde en rubans tricolores, et sous un voile de tulle blanc, très serré sur le nez, les traits de sa figure s'atténuent, la font paraître jeune. Elle est de haute taille, et marche d'un pas hardi, vêtue d'un grand manteau de fourrure qui porte au bras gauche l'insigne de la convention de Genève : la croix des ambulances, rouge sur un fond blanc.

– Salut, mon général.

Et, portant à son front sa main droite finement gantée, elle imite le salut militaire, gravement.

Puis, plus familière :

– Bonjour, vous tous, la coterie.

Alors, marchant autour de la table, gracieuse et délurée, elle fait aux uns un simple salut, aux autres elle donne de grandes poignées de main homm-masses, suivant les connaissances, les sympathies, les amitiés. Et, à l'extrémité de la manche où blondit un bout de fourrure fauve, le petit gant de Suède jaune va, vient, se démène, quitte une main, en reprend une autre, disparaît tout entier dans la peau rude d'un gros gant d'ordonnance, réapparaît, puis disparaît à nouveau sous de grosses et galantes moustaches qui l'effleurent d'un baiser cérémonieux, tandis que, derrière lui, la robe remuée met une traînée d'odeur voluptueuse et d'élégance provocatrice.

– Hein ? Vous ne trouvez pas ? Comme c'est ennuyeux ce siège ? Je sors des ambulances. Ah ! mes enfants, vous n'avez pas l'idée de ce que ça sent mauvais là-dedans ! Vous permettez, n'est-ce pas ?

Sans attendre la réponse, elle envoie d'un geste son chapeau sur un fauteuil. Sa chevelure apparaît alors coiffée comme pour un bal, une étonnante chevelure d'un roux faux jusqu'à l'extravagance qui tire-bouchonne sur son dos, et frise sur son front, avec des entortillements de copeaux d'acajou. Puis, la face blanche de poudre de riz, les lèvres rouges de fard, les yeux avivés par le khol, de son vêtement tombé, elle jaillit en robe de soie noire, pleine de volants et décolletée. Dans la large échancrure d'un corsage où s'attache aussi une cocarde de rubans aux couleurs nationales, les seins se montrent maintenus haut par le corset, veinés de bleu sous la dentelle, et du creux de sa poitrine nue, de ses bras qui passent nus au bout des manches où la croix de Genève éclate encore rouge et blanche au milieu des ruchés, des effilés et des dentelles, un fumet de femme mûre se dégage et de chair amoureuse délicieusement faisandée.

– Eh bien, hein ? Quoi de neuf ? Toujours rien ?

Et apercevant la proclamation sur la table :

– Ah ! mais si, j'aurais dû m'en douter ! Des bavardages toujours ! Qu'est-ce que vous leur racontez encore aux Parisiens ? Vrai, il faut qu'ils aient bon caractère. Leur en faites-vous assez gober de ces blagues ! Voyons voir la nouvelle tartine ?

Penchée sur la table, le corps plié en deux, dans la féline attitude d'un sphinx, elle commence à lire. Au loin, le canon, par salves lentes, gronde à courts intervalles. L'émeute essoufflée, tait ses clameurs, étouffe ses chants, semble reprendre haleine. Mais aux incessants bruits de pas, aux commandements nombreux qui retentissent, au frissonnement humain qui s'agite sous les fenêtres dans l'humidité du brouillard, on devine que la foule augmente démesurément. De tous les coins de Paris en angoisse, de Montmartre impatient à Montrouge exaspéré, de Bercy qui gronde aux Ternes qui s'encolèrent, le populaire s'est mis en marche derrière le rappel des tambours, et recevant sans relâche des renforts, l'insurrection grandissante n'attend plus pour éclater que le commandement d'un chef, un mot d'ordre, ou simplement un hasard.

L'élégante femme lit toujours, puis soudain, lasse de tourner les feuillets qui s'accumulent :

– Et patati et patata. Et cætera pantoufle !

D'un geste de gaminerie elle jette tous les papiers, les fait voler en l'air, et elle chantonne le refrain de la chanson à la mode :

C'est le sire de Fich-ton-khan
Qui s'en va-t-en guerre.

L'état-major stupéfait regarde. Le général interdit tord fiévreusement sa moustache : il est si interloqué qu'il ne trouve pas une parole. Autour de la table, sous la lueur charbonnante de la lampe, tout le monde se tait, accablé par cette débauche d'inconvenance.

– Eh bien quoi ? c'est pour tout ça que vous êtes réunis ? Merci, là vrai, si vous vous croyez rigolos. Tenez, voulez-vous que je vous dise, vous vous courbaturez à faire semblant de prendre au sérieux des choses qui vous embêtent. Suffit, en place, repos ! Rompez les rangs !

Et prenant sur la table, au hasard, un képi galonné qui traîne, elle s'en coiffe audacieusement, et d'une voix grave de président, déclare la séance levée.

Le général en chef bondit ; il est tout pâle d'humiliation. Il marche vers l'envahissante visiteuse, les poings fermés, avec une colère blanche. Elle se recule, tourne autour de la table et lui rit au nez d'un rire clair, communicatif, qui commence à gagner l'état-major sérieux.

– M'attrapera, m'attrapera pas !

– Madame, dit le général d'une voix crocée, madame.

– Oh ! va, tu peux m'appeler Huberte, ces messieurs ont beau être là, ils ne nous gênent pas.

– Madame, répète le général. Il va la saisir. Déjà ses mains, qu'agitent un frisson de colère, un besoin de brutalité, ont effleuré le bras qui porte le brassard de Genève, rouge sur un fond blanc, quand d'un brusque mouvement d'épaules elle lui échappe, et se retranchant derrière un fauteuil comme derrière une barricade :

– Messieurs, crie-t-elle, messieurs, je vous en prie, laissez-nous seuls ; vous ne voyez donc pas, il a envie de me faire une scène.

Et s'adressant au général :

– Allons, vas-y, mon ami, vas-y.

Les officiers consultent du regard leur chef qui tremble sous ses décorations, puis se lèvent, sortent silencieusement, et par la porte ouverte, dominant le cliquetis des éperons, le bondissement métallique des sabres sonnant sur les marches de l'escalier, la Marseillaise, chantée à plein gosier par les voix du dehors, dans une reprise formidable, emplit d'une bouffée de colère la salle déserte, où les jupons de la jeune femme bruissent, tout raides d'empois.

Elle s'est approchée du général, et les lèvres tendues, avec un mouvement du torse qui l'offre tout entière, elle essaye de l'embrasser. Il la repousse durement. Elle devient intolérable à la fin. Toujours elle se mêle de tout. Qu'est-ce qu'elle est venue faire au milieu du conseil ? Le compromettre, n'est-ce pas ? Exprès. Quel respect voulait-elle qu'il inspirât maintenant ?

Ses officiers allaient rire de lui, il n'aurait plus d'influence sur ses subordonnés. Un jour ou l'autre, elle entendait, il faudrait bien que ces plaisanteries finissent, il y était décidé.

– Toi, fit-elle avec un mouvement de tête étonné et incrédule, toi, décidé ?

– Oui, elle tombait là, comme une bombe, au milieu des délibérations les plus graves, dérangeant tout, bousculant tout. Passe encore quand, dans l'intimité, elle l'assommait de conseils stratégiques et prétendait lui imposer d'invraisemblables plans de campagne. Personne n'en savait rien. Mais là, devant tout le monde, venir s'afficher ! Ah ! il avait eu bien tort de lui passer si complaisamment tous ses caprices.

Il parle en essayant de mettre des sévérités dans sa voix. Au fond, il a beau s'irriter et s'en défendre, il trouve la situation comique et l'idée d'une fantaisie adorable. Cette diablesse de Mme de Pahauën, on ne sait vraiment pas quelle folie lui coule dans les veines. Est-elle amusante cette guenon-là ! Sans doute il ne demandait pas mieux que de lui pardonner encore cette escapade ; mais vraiment, avec certains membres du conseil, elle s'est montrée d'une familiarité ! Ça lui déplaît, ça, et il ne le souffrira plus. Elle a compris, n'est-ce pas ?

Mme de Pahauën part d'un grand éclat de rire qui la secoue du haut en bas, fait bondir ses seins dans son corset, agite sa chaîne de montre et remue jusqu'à la dentelle de son jupon.

– Est-ce que tu serais jaloux, par hasard ?

Il ne répond pas, mais son attitude est telle que son silence a l'air d'un acquiescement.

– Toi ? Ah ! mon pauvre ami. Eh bien, il ne te manquait plus que cela, tu les as tous, maintenant, les ridicules.

– Ridicule ! Qui ? Lui ? Il était ridicule, et pourquoi, s'il vous plait ? Ce mot-là, il ne voulait pas l'entendre, même de la bouche d'une femme. Ridicule ! Quel ridicule avait-il ? Où ? Pourquoi ? Comment ? Il était un brave officier, tout le monde le savait, les journaux même qui l'attaquaient n'avaient jamais mis sa valeur en doute. Les généraux inspecteurs l'avaient souvent constatée dans leurs rapports particuliers ; il avait des notes superbes, des états de service magnifiques, et, vaniteusement, une à une, il citait ses campagnes, montrait ses décorations, énumérait ses citations à l'ordre du jour. L'armée tout entière le respectait ; il avait publié sur les questions militaires des livres fort remarqués, étant bon écrivain. Et elle prétendait qu'il passait pour ridicule ! Ce mot, il le répétait sans cesse, il revenait obstinément comme une obsession, servait de conclusion à tous ses raisonnements. Ridicule !

Mais Mme de Pahauën, d'une voix flûtée, en femme qui sait ce qu'elle dit, et dont l'opinion personnelle est soutenue de l'avis général :

– Ah ! mon Dieu oui, ridicule ! quand tu diras.

Il fit un geste d'emportement et de dénégation suprême.

– Mais voyou, tu ne vois donc rien ? tu ne lis donc rien ? tu n'entends donc rien ?

Alors, avec une taquinerie cruelle, avec des mouvements de main qui coupaient l'air, sèchement, et appuyaient ses affirmations, elle lui rappela ses impuissances, elle exagéra sa mauvaise chance, ses échecs qu'elle aggravait, en les mettant férocement sur le compte de son incapacité et de sa prétention. Elle lui dit toutes les misères qu'il se défendait de prendre au sérieux : les combattants sans ordres, l'armée sans organisation, les batailles livrées au hasard et finissant en défaites, toujours, les équipages en retard, les munitions qui manquaient, les ponts trop courts. Elle lui montra Paris où toutes les bonnes volontés en armes étaient immobilisées par son hésitation, paralysées par ses défiances, et la garde nationale inutile derrière des fortifications où elle mourait d'ennui dans l'impatience et le désœuvrement. Les accusations défilaient serrées et terribles, un réquisitoire indigné et moqueur qu'elle détaillait avec une petite voix aigre-douce, tranquillement. À mesure qu'elle parlait, comme si elle se lassait elle-même, elle avait abandonné ses gestes d'autorité, et ses doigts, dégantés, jouaient avec ses bagues qu'elle faisait passer de l'une à l'autre main, avec un petit travail de dextérité très délicat. Elle en vint à lui reprocher la mort des soldats tombés dans les escarmouches, les combats sérieux qu'elle qualifia de boucheries organisées, les pauvres mobiles qu'elle voyait dans les hôpitaux saigner dans les pansements et crier sous l'acier des opérations. Même, elle l'accusa comme d'un crime personnel de la mort d'un jeune capitaine d'état-major, tué lors de la dernière affaire. Elle le connaissait, ils s'étaient rencontrés, très souvent, dans le monde.

– Un de tes amants, sans doute ?

Jusque-là il n'avait rien dit, baissant la tête, rageant au dedans de lui devant ces récriminations brutales, dont, intimement, il sentait la justesse.

– Quand ce serait, répondit-elle, effrontément.

– Au fait, ça ne l'étonnait pas ! avec qui n'avait-elle pas couché ? Son lit était une vraie guérite dont on relevait les sentinelles toutes les heures. Alors éclatant en mots furieux, donnant libre cours à l'amertume de son cœur, un à un, il lui nommait ses amants. Il y en avait de toutes les armes : des cavaliers, des fantassins, des artilleurs, et jusqu'à des soldats de la mobile. Il citait les corps, les grades, d'une voix dépitée, avec emportement, car il mettait de la hiérarchie dans l'amour, et se croyait compromis non pas tant par ses infidélités que parce qu'elle les avait commises avec des inférieurs.

Très calme, Mme de Pahauën écoutait cet orageux défilé d'accusations, et doucement, comme par distraction, elle s'éventait le bas des jambes avec ses jupes qu'elle remuait. De temps en temps, une date lui arrachait un grand éclat de rire narquois. Elle avait imaginé de répondre : « Présent ! » à chaque nom qui passait, et à certains, son visage vicieux s'illuminait. Sans doute ils évoquaient des luxures compliquées, dont le souvenir même lui causait un ravissement.

Le général s'était arrêté, haletant, avec la sourde colère de l'homme dont la puissance est méconnue, la force inutile. Elle se moquait de lui, cette femme ! Ne pouvant se résigner à la battre, il était obligé de subir ses sarcasmes, lui, qui pour une simple désobéissance pouvait faire fusiller un homme et décimer un régiment ! Et afin de résister au besoin de brutalité qui le prenait, il crispait les poings pour ne pas la gifler grossièrement, sur les deux joues, comme on corrige l'impertinence d'une gamine mal élevée.

Maintenant, c'était elle qui parlait, c'était elle qui, dans une confession ironique, lui jetait des noms au hasard, pêle-mêle. Même, pour ajouter à son exaspération, elle exagérait, s'attribuait des amants qu'elle n'avait jamais eus, des tendresses auxquelles elle n'avait jamais pensé, et, prenant un temps, avec une négligence préméditée, elle affecta même d'avoir cédé à un membre du gouvernement. Clairement, elle le lui désigna, sachant qu'il était son ennemi mortel.

– Lui ! cria-t-il avec un accent indigné, lui !

– Un peu, mon neveu. Renversée dans son fauteuil, elle se passa la langue sur les lèvres et balança sa tête avec un air de profonde satisfaction, en femme qui savoure à nouveau une ancienne bonne fortune.

– Lui ! répétait-il avec égarement, lui !

– Eh bien, oui, et puis après ?

En ce moment une clameur plus haute domina toutes les clameurs de la matinée. Dix mille voix d'un enrouement formidable ébranlèrent la salle, confondues dans un cri unique et prolongé. Des portraits de généraux en tremblèrent sur les murs, dans leurs cadres ; les girandoles de cristal des lustres s'entrechoquèrent et rendirent un tintement d'harmonica, tandis que les boiseries des portes, comme sous une poussée invisible, craquaient. Et cependant, au milieu du vacarme, des mots très distincts étaient entendus, toujours répétés : « À bas ! à bas ! Démission ! démission ! »

Mme de Pahauën eut un grand geste de mépris. Étendant magistralement la main vers la fenêtre, désignant vaguement le populaire qui grondait en bas, dans le brouillard, avec un port de tête hautain et un dédaigneux plissement de lèvres qui lui venait d'un début fait jadis sur une scène théâtrale de dernier ordre :

– Ainsi, dit-elle, ton autorité, la voilà ; ni le peuple, ni les femmes…

Il ne la laissa pas achever. Esprit indécis, aux résolutions lentes, il n'agissait jamais que sous la pression immédiate des faits. Effrayé de la brutalité soudaine de la réalité, comme un homme brusquement tiré de son sommeil, de la tranquillité de ses hypothèses et du calme de ses rêveries, il sursautait à des décisions emportées et à des actes violents.

– Vous partirez demain, madame, dit-il, avec un accent d'autorité.

Sa voix n'avait plus de colère, elle était rassérénée, et il parlait d'un ton de commandement, le verbe tranchant, d'une sécheresse hautaine qui d'avance faisait taire la réplique sur les lèvres du contradicteur.

– Vous me chassez, alors ?

– Parfaitement.

– Et j'irai ?

– Où vous voudrez, peu m'importe. Il ajouta : – L'important, c'est que vous partiez.

Elle le regarda fixement, dans les yeux, pour s'assurer qu'il disait bien vrai, pour voir s'il ne restait pas au dedans de lui quelque chose d'un désir ou d'un regret qu'elle pourrait exploiter. Ses yeux étaient calmes, sans une lueur. Cependant elle voulut essayer d'une dernière câlinerie, d'une de ces caresses qui, aux heures de leurs anciennes querelles, faisaient tomber les rancunes, étouffaient les récriminations, mais il la prévint.

– Assez, n'est-ce pas ! Je ne veux pas de vos simagrées.

Néammoins elle se rapprochait avec des ondulations de chatte, les lèvres tendues et comme frémissantes d'une promesse de luxure. Penchée sur lui, elle essaya de l'embrasser. Mais d'un geste brusque il la repoussa.

– C'est moi le maître ! ici. Ce qui est dit est dit, foutez-moi la paix !

Ah ! c'était ainsi ! Secouée d'un continu frisson de colère, humiliée, elle mit son chapeau, avec des lenteurs calculées où le général trouvait encore des exaspérations. Ensuite, elle passa son manteau, mais ne trouvant pas la manche gauche, sans rien dire, elle s'approcha de lui, et, tout en maugréant, il dut l'aider à finir de s'habiller. Puis elle se ganta, longuement, sans se presser, avec des hochements de tête, appuyant une série de raisonnements muets et de rancunes qu'elle remuait en elle-même : le plan aigu, le complot mesquin et méchant d'une vengeance de femme. Comme elle n'arrivait pas à boutonner le gant droit, elle lui tendit la main. Dans l'ouverture de la manche, un peu de peau se montrait, d'un rose appétissant. Il la repoussait, inquiet de ce coin de nudité, détournant la tête comme devant une tentation trop forte.

– Allons, travaille, fit-elle d'un ton indifférent. Tu vois bien moi, je ne peux pas. »

Il dut se résigner à la complaisance, et un instant ses mains peinèrent, cassant leurs ongles dans le gros effort qu'elles faisaient pour accrocher les délicats boutons toujours fuyant sous la peau des boutonnières. Quand il eut fini.

– Ainsi on s'en va ? dit Mme de Pahauën. Vous me chassez ?

Il répéta :

– Je vous chasse, certainement.

– Eh bien, soit, on s'en va. Mais tu sais, mon petit, j'irai là.

Elle avait marché vers la table, et du doigt, sur une carte déployée, au milieu des teintes plates, du compliqué fouillis des hachures et des lignes figurant les collines, les routes et les chemins de fer, elle indiqua Versailles, et elle répétait avec un ton de menace.

– J'irai là, là,

– À votre aise.

Comme il n'avait pas l'air de s'indigner, elle appuya pour se donner la satisfaction de lui causer un dernier mouvement de colère. D'un mot suprême, elle insulta son patriotisme, ravala son habileté.

– Oui, chez les Prussiens. Ils sont plus malins que toi. En voilà des gens forts, au moins ! Tandis que toi et tes généraux, tiens, veux-tu que je te dise, vous me faites suer.

Puis, s'inclinant dans une gracieuse révérence, ainsi qu'elle avait coutume de faire quand elle sortait de visite :

– Allons, au revoir, cher. Bonne chance.

Néanmoins, cédant à un intime besoin d'ironie, elle lui demanda :

– Hein ? tu n'as rien à faire dire.

– À qui ?

– À ces messieurs, là-bas.

Mais déjà il n'écoutait plus. Derrière elle, il venait de fermer la porte, et tout seul, il respirait à pleins poumons, avec cette satisfaction que laissent après eux les ouvrages malaisés et les résolutions difficiles à exécuter. Maintenant que Mme de Pahauën était partie, maintenant qu'il s'était enfin trouvé le courage de rompre avec elle, il renaissait à des libertés, à des volontés qu'elle avait annihilées, par l'ensorcèlement de sa grâce, qu'elle avait amollies par la tendresse de son sourire. Un moment cependant, comme pour se défendre contre lui-même au cas où l'envie la prendrait de remonter l'escalier et de venir implorer son pardon, il ferma la serrure à double tour. Alors, dans la solitude, il se sentit redevenir fort. Il regarda sur les meubles : rien d'elle n'y restait plus. Il avait eu peur d'y rencontrer un nœud de ruban défait, une voilette oubliée, quelque chose d'un de ces ajustements féminins qui suffisent quelquefois pour raviver les désirs et réveiller les convoitises. Les fauteuils, vides, tendaient uniformément autour de la salle leurs sièges nus, leurs bras où des clous de cuivre fixaient l'étoffe verte de la moleskine. Seul, un léger parfum d'opopanax échappé des dessous secrets de la toilette de Mme de Pahauën, traînait dans l'air lourd. Alors pour échapper à l'obsession de cet arôme aimé, le général ouvrit une fenêtre. La place, en bas, lui apparut avec son moutonnement de têtes, ses remuements d'émeute, ses baïonnettes serrées qu'un pâle rayon de soleil accrochait et qui luisaient au milieu des menaces et des poings tendus vers lui, de toutes parts. Et il resta là quelques instants, grisé par son impopularité, jouissant des injures, heureux dans sa vanité de pouvoir ainsi bouleverser un monde, exaspérer toute une ville ; des fiertés lui venaient en songeant que bon gré mal gré, ces fureurs-là, il saurait les faire taire, et qu'il n'avait qu'un mot à dire, un ordre à donner, pour faire obéir ces révoltes et contraindre ces indisciplines.

Il se retourna, flairant l'appartement. La délicate et troublante odeur de femme avait fui. La lampe point remontée charbonnait, dégageant une âcre senteur de mèche rance et d'huile chauffée. En ce moment, un craquement se fit entendre pareil au bruit d'une grande pièce de soie qu'on déchirerait d'un bout à l'autre. Par-dessus les clameurs, serrée et crépitante, une fusillade éclata. Des balles ricochèrent sur les pierres de la façade qui s'effritaient en éclats secs, et tombaient comme des écailles, en bas, dans une fumée épaisse striée de flammes rouges, çà et là. Aussi calme que s'il eût été à la parade, le général ferma la fenêtre. Il tournait le bouton doré de la crémone, quand, auprès de lui, des morceaux de vitre dégringolèrent, sonnant à ses pieds, sur le parquet. Une balle traversant le carreau avait été se loger dans le mur en face, et un des portraits dans son cadre d'or montrait son uniforme percé d'un trou noir, en plein dans la poitrine. Alors, passant le bras à travers le châssis vide, le général montra le poing à la foule.

– À nous deux, maintenant.

La voix résonna brutale dans le grand salon désolé. Au loin, le canon des forts, par salves désespérées, tonnait sans discontinuer.

## II

Le lendemain, l'émeute vaincue, les chefs emprisonnés, les journaux supprimés, Mme de Pahauën arrêtée, était conduite sous bonne escorte au delà des lignes françaises.

Le général demeurait triste. Il accueillit sans satisfaction l'officier d'ordonnance qui vint lui annoncer l'exécution de ses ordres. Et malgré lui, à travers les routes défoncées, les villages occupés, le navrant paysage de ruine que l'invasion mettait autour de Paris, son esprit suivait obstinément l'élégante femme aux cheveux roux, dont la possession l'avait tant charmé. Maintenant, la colère passée, son départ le peinait. Il considérait que, volontairement, il avait amoindri son prestige et diminué sa toute-puissance. Quelque chose lui manquait qui gâtait son succès.

Jadis, mis à l'écart par les soupçons de l'Empire, boudeur, dans sa retraite irritée d'écrivain et de soldat, il avait fiellé des articles nombreux contre les turpitudes et les hontes du règne, mais cependant jamais il n'avait pu se défendre d'un moment d'émotion et d'une minute d'envie, quand les journaux apportaient jusqu'à lui les échos des grandes fêtes de Compiègne, les récits des grandes débauches de Saint-Cloud. Ses désirs de jouissance le rongeaient dans l'austérité vaniteuse de son exil. Souvent même, dans les heures troubles que connaissent les plus forts, il avait senti vaciller sa conscience, faiblir son honnêteté. Plus d'une fois il avait songé à faire sa soumission, décidé intérieurement par ces sophistiques raisons qui déterminent les lâchetés, convaincu qu'au milieu de l'excès des platitudes ambiantes, sa platitude, à lui, passerait inaperçue. Mais il avait été soutenu par son orgueil. Son ambition aussi l'avait empêché de tomber à des complaisances et à des servilités. Il s'était dit, que ceux-là seuls sont les maîtres un jour qui se raidissent dans une attitude et savent prendre, parmi les courants des hommes et les momentanés entraînements des faits, une position immobile et méprisante. Puis, par nature, les médiocrités lui répugnaient : il n'aurait trouvé aucun plaisir dans l'accomplissement des vilenies vulgaires. Se vendre, quoi ? lui aussi ! mais tout le monde s'était vendu, et avec une science de corruption qu'il ne fallait pas espérer pouvoir dépasser. Du reste, il aurait rougi d'être un plagiaire de bassesse, et si des capitulations lui semblaient désirables, c'étaient celles qui mettent leur auteur dans une apothéose et l'immortalisent par la grandeur de leur gloire ou la profondeur de leur infamie. Il se croyait né pour les avenirs éclatants, taillé pour les immenses célébrités, musclé pour les efforts considérables, et renfonçant ses besoins de domination, luttant contre ses appétits, il avait attendu, honnête par calcul, incorruptible par volonté. Si bien que le peuple, sans rien deviner de ses impatiences et de ses fièvres sourdes, l'admirait comme un martyr, et lui soupçonnant des capacités excessives ainsi que des talents méconnus, s'apprêtait à le saluer comme une puissance.

La chute de l'Empire, du jour au lendemain, l'avait fait sauter à une situation qui dépassait ses rêves. C'était entre ses mains que Paris, tremblant de l'approche des Prussiens, uniformément vainqueurs depuis un mois, remettait toute la puissance presque. De son obscurité lointaine, il montait bruyamment au poste de dictateur, et dès le début, les obéissances se faisaient faciles pour ce maître volontaire en qui se confiaient toutes les espérances de la patrie, désespérément. On ne lui demandait rien, sinon d'agir vite : les bonnes volontés, d'avance, souscrivaient à tout ce qu'il pourrait commander, pourvu que les ordres fussent brefs, les décisions rapides, les résultats sensibles, immédiats. Or, comme il arrive à tous les théoriciens dont la brusquerie des faits contrarie toujours la lenteur savante des combinaisons, il ne sut pas tirer le parti convenable des éléments nerveux qu'il trouvait autour de lui. Aux impatiences, aux grands élans de la foule, il opposait ses temporisations, et immobilisait par la sécheresse de ses calculs, les vibrants enthousiasmes qui ne demandaient qu'à marcher. Continuant dans son commandement militaire la pratique d'inertie à laquelle il devait la réussite de sa vie, il restait sans agir, dans Paris assiégé, attendant du hasard la chance d'une bonne fortune, comptant sur des secours du dehors, incapable de rien improviser, jugeant les situations nouvelles avec des idées préconçues et des points de vue anciens. Toute son autorité, il l'employait non pas à exciter les ardeurs ; au contraire, il la dépensait fiévreusement à maintenir les initiatives et à empêcher les audaces. Correct, précis, mais savant sans profondeur, intelligent sans élévation, et tenace jusqu'à la sottise, il se détendait seulement dans l'intimité avec Mme de Pahauën, dont les remuements, les gentillesses, les gamineries d'écureuil échappé, fouettaient ses sens lassés par la fatigue de plusieurs campagnes, contrastaient le plus avec la mathématique lourdeur de son cerveau.

Mme de Pahauën avait été mariée, plusieurs fois, à des individus dont aucun ne lui avait laissé son nom. Dans la galanterie du monde impérial, dont elle avait fait l'éclat, les mieux renseignés affirmaient que le nom qu'elle portait n'était qu'un nom de guerre, ramassé dans un roman, ou trouvé parmi les personnages secondaires d'un drame du boulevard. Ses maris n'avaient guère été que des passants, lesquels n'encombraient guère son lit, et si peu gênants qu'ils ne dérangeaient même pas son état civil de fantaisie. C'étaient ordinairement des Durand, des Bernard, des Dumont employés de ministère aux figures louches, aux appétits voraces. Vieillards tout en vices, ou jeunes gens tout en ambitions, ils consentaient à la tirer enceinte des bras de son amant (un haut personnage qui s'engageait à les protéger), la voyaient quelque temps après la célébration du mariage, et puis une séparation à l'amiable survenait. Un jour, les deux époux s'en allaient chacun de son côté, et ne s'occupaient plus l'un de l'autre. L'employé donnait son nom à l'enfant, obtenait dans son bureau des gratifications nombreuses, des avancements rapides, et vieillissait décoré, ayant aux lèvres des phrases sur l'honnêteté, la bonne conduite, le travail qui mène à tout, le savoir qui élève et qui distingue. Pendant ce temps, Mme de Pahauën, indifférente et libre, courait les bals, les réceptions, était de tous les petits couchers, de tous les grands soupers. Amazone, les jours de chasse, elle galopait le voile au vent dans les taillis de Compiègne pleins des abois des chiens, du roulement des voitures et des fanfares des piqueurs. Dans les tableaux vivants, son maillot de soie couleur de chair, inondé de lumières oxhydriques, elle étalait la largeur de ses hanches, l'ampleur de sa gorge, et des talons jusqu'au sourire, la grasse et provocante impudeur de son corps de statue. Dame de charité, on avait l'occasion de la voir, les jours de vente au profit des pauvres, offrir volontiers tout ce que sa toilette laissait passer de peau aux baisers des messieurs dont ses complaisances vidaient les porte-monnaies. Puis, subitement, elle disparaissait. Ses meilleures amies disaient qu'elle s'enterrait ; d'autres prétendaient qu'elle tombait à de grandes dévotions, et qu'elle allait suivre, dans des couvents bien famés, des retraites très austères. La vérité était qu'elle s'enfermait, par caprice de débauche blasée, avec des petits jeunes gens que son plaisir était de dépraver. Alors on la rencontrait promenant dans les églises un deuil mensonger et luxueux. Toujours accompagnée d'une bonne, elle rentrait dans une petite maison des Batignolles ou de Passy, et les fruitières, les concierges, toutes les commères qui s'asseyent sur le pas de leurs portes et surveillent le va-et-vient de la rue, avaient de hautes et profondes pitiés pour une pauvre jeune femme si subitement devenue veuve. Ses générosités servaient à dissimuler les écarts secrets de sa conduite, empêchaient les soupçons, au besoin même, faisaient taire les médisances. Quelquefois, quand les doutes devenaient trop forts, les affirmations trop précises, brusquement, elle donnait congé et déménageait à temps, ce qui empêchait les inductions de s'affermir et les preuves de se contrôler. Alors, elle partait, laissant encore derrière elle une suffisante odeur de sainteté, avec une longue traînée de bonnes œuvres.

C'était son plaisir de duper le public, en cachant des vices excessifs et des raffinements qui allaient jusqu'à la bestialité, sous l'apparence d'une petite existence de bourgeoise vertueuse et tranquille, puis de reprendre en s'affichant avec un amant le tumulte d'une vie affolée. La cour pendant ses absences se désolait. Elle seule jetait une gaieté envahissante dans ce monde d'aventuriers, toujours inquiet, au milieu de ses fêtes, comme des escrocs qui, en mangeant le produit de leur vol, tremblent à tout moment d'entendre frapper à la porte et de voir entrer le commissaire. Toutes les folies étaient les siennes. Son vice même prenait des grandeurs tellement il s'étalait sous la flamme des lustres, sans pudeur et sans hypocrisie. Certaines de ses excentricités étaient demeurées célèbres : un soir, dans un souper, elle était sortie absolument nue d'un pâté colossal dont la croûte gigantesque s'arrondissait sur la table ; la première elle avait pris ces bains de champagne qu'imitèrent depuis les cabotines en quête de fantaisie, à court d'imagination, et la démocratie ne lui avait jamais pardonné d'avoir, au théâtre, un soir de première représentation, pour mieux passer dans le premier rang des fauteuils de balcon, jeté effrontément son paquet empesé de jupons par-dessus la balustrade et d'avoir gagné sa place, marchant, devant les spectateurs, les jambes à l'air, les cuisses à nu.

Quand Paris avait été investi, elle était restée, par curiosité. Elle n'avait pu résister au désir de voir de près ce spectacle nouveau pour elle, une ville de deux cent mille âmes, enveloppée, affamée, réduite à ses propres ressources. Volontiers, elle avait accepté les difficultés probables de la vie du siège, afin de contempler ce drame extraordinaire, espérant des situations neuves qui égayeraient un peu son ennui de belle corrompue blasée. Dans les premiers jours du mois de septembre, tandis que ses amies, profitant des dernières voies laissées libres, emballaient leurs robes et se bousculaient aux guichets des gares encombrées pour aller attendre, soit à l'étranger, soit dans une province écartée, la fin des événements, elle, payant de sa personne, était bravement entrée dans ce personnel d'ambulances recruté spécialement parmi les femmes désœuvrées, et parmi celles-là surtout qui désiraient conserver leurs chevaux : les autres, ceux du reste de la population, étant réquisitionnés pour les canons, les transports, la boucherie. Et la jolie, et coquette, et souriante ambulancière qu'elle était ! La souffrance, la mort, tout ce qui hurle et pue, tout ce qui suinte et salit dans les salles où les combats entassaient les blessés, où la dysenterie couchait les malades, tout cela n'était pour elle qu'un prétexte à élégances. Avec quelle joie, le matin, elle se contemplait dans la glace, décolletée, avec une toilette de ville si provoquante qu'elle ressemblait à une toilette de bal. Comme jadis elle s'habillait pour le spectacle d'une première représentation, elle s'habillait, se faisait désirable pour le spectacle de la mort, promenait autour des lits empuantis et criants dans l'angoisse des agonies, l'éclair de ses diamants, le froufrou de ses dentelles, et les soldats expiraient, remerciant avec des paroles confuses et des balbutiements les tendresses de cette infirmière extraordinaire qui mettait dans leurs derniers moments toute la séduction d'une femme, tous les petits soins d'une garde-malade dévouée. Elle adoucissait les agonies, encourageait les convalescences. Point bégueule, elle retrouvait au milieu de ces hommes ces familiarités que les femmes du peuple ont naturellement pour les malades. Elle les appelait, « mon vieux, ma vieille », gourmandait leurs défaillances avec des mots crus, des épiphonèmes gras où perçaient de grosses bienveillances ; et les douleurs des pansements disparaissaient, emportées qu'elles étaient par les paroles canaillement câlines de son bagou d'ancienne modiste farceuse.

Fille des faubourgs, dans ce milieu d'ouvriers récemment enrôlés, elle respirait comme un relent de son air natal apporté là, par hasard, dans les vêtements, les habitudes, les conversations ; elle renaissait à sa vie d'ouvrière lâchée, se frottant aux hommes dans la promenade des nocturnes faubourgs ou les quadrilles des bastringues populaciers, et, très à l'aise, elle traitait d'égale à égal. Elle leur payait des liqueurs, du tabac, trinquait, fumait les cigarettes qu'ils lui offraient, volontiers. Même elle les tutoyait comme des camarades. Souvent aussi sa sympathie les suivait au delà de l'hôpital, les accompagnait après leur guérison, dans les tranchées des ouvrages avancés, dans les grand'gardes qui surveillaient l'ennemi.

Plus d'une fois, les officiers supérieurs avaient eu l'occasion de voir arriver dans leurs baraquements et dans leurs bivouacs une voiture qui levait toutes les consignes. Le cocher disait un mot, et quand la sentinelle hésitait, par la portière, une petite main frémissante et bien gantée tendait un laisser-passer devant lequel tombaient les résistances et reculaient les disciplines. Mme de Pahauën descendait : un instant, entre elle et l'état-major, c'était un échange de saluts, de politesses. Elle minaudait, sans doute faisait à la faveur de son sourire des demandes impossibles, car les fronts des militaires se ridaient d'impatience soudainement rembrunis et des mains coupaient l'air, sèchement, tandis que les képis, sur les têtes, remuaient de gauche à droite avec des insistances de refus. Mais la même petite main fouillait dans les poches de la robe, en tirait un mince portefeuille d'où un petit papier sortait et où il rentrait aussitôt. Alors les difficultés semblaient aplanies, la discussion continuait plus calme et comme indifférente, jusqu'au moment où, amené par un planton envoyé exprès, quelque simple soldat, ou chasseur à pied ou mobile, arrivait très gêné, et rougissant un peu sous la visière de son képi, saluait ses chefs. Mme de Pahauën lui sautait au cou, l'appelait son fils, l'embrassait avec un débordement de maternité, une exagération de tendresse. Un instant après, au milieu des fusillades, des crachements de mitrailleuses, du tintamarre meurtrier des avant-postes qu'on attaque, la voiture levant toujours les consignes d'un mot de son cocher, d'un geste de sa propriétaire, emportait vers Paris Mme de Pahauën, dont les jambes, sous la couverture, serraient d'une étreinte passionnée le pantalon d'ordonnance de son amant momentané. Derrière eux, dans l'état-major, des conversations s'élevaient, pleines de blâmes, lourdes de craintes.

Les officiers parlaient de Mme de Pahauën, en faisant précéder son nom, du la, de cet article par lequel s'exhalent les mépris pour les filles bien en vue et les courtisanes trop célèbres. Ils l'appelaient la Pahauën, tout étonnés au dedans d'eux par cette étrange et obscure puissance de la femme dont les sourires faisaient obéir les plus forts, et dont la grâce pouvait, au gré de son caprice, détruire les gouvernements et ruiner les villes. Dans l'accablement de leur stupéfaction, ils n'arrivaient pas à comprendre comment le général en chef avait pu s'acoquiner avec ces jupons désordonnés dont les dentelles, autour d'eux, apportaient invinciblement une menace de désastre.

Et c'était justement à cause de la frénésie de sa gaieté et de l'exubérance de sa fantaisie que le général avait choisi Mme de Pahauën. Avec ses envolées, ses gamineries sensuelles, ses bavardages de perruche lâchée, elle le délassait au milieu de la gravité de ses occupations, lui faisait oublier le poids de ses responsabilités. Et maintenant qu'elle est partie, négligeant les affaires urgentes, laissant s'accumuler devant lui les dépêches télégraphiques auxquelles il ne daigne pas faire une réponse, triste et grave, il songe. Il revoit les premiers jours de sa liaison, la douceur des premières rencontres, les attendrissements de sa lune de miel dans la ville en armes, leurs promenades dans ce Paris debout et frémissant sous les premières bordées du canon des forts.

Le hasard avait fait la présentation. Un jour, dans son cabinet, elle l'était venue trouver, brusquant les domestiques avec un bon mot, forçant les portes avec un sourire. Oh ! mon Dieu, oui, elle devenait sollicituse. Mais ce qu'elle demandait ce n'était pas pour elle. Non, elle n'avait besoin de rien, seulement, une de ses amies redoutait les extrémités d'un long investissement. Elle avait un bébé, il fallait des soins, du lait, alors elle avait songé à demander un sauf-conduit pour aller à la campagne, vivre paisiblement. Une femme, voyons, ce n'est pas très utile dans une ville où l'on se bat. Mais elle ne connaissait personne. Comment faire ? Mme de Pahauën s'était dévouée, et le général n'avait pas su se défendre de l'ensorcellement qui montait de cette femme.

Sur le bureau, elle avait pris une feuille de papier, l'avait poussée devant lui, et trempant une plume dans l'encre, la lui avait mise entre les doigts. Et pendant que, sous son regard, il rédigeait le précieux laisser-passer, de sa poitrine penchée qui frôlait un peu son uniforme des effluves sortaient qui l'envahissaient tout entier, il ne savait quelle chaude émanation de désir, si intense et si pénétrante que sa main tremblait, traçant sur le papier des lignes incorrectes. Avec son parfum, avec sa parole, elle entrait en lui par tous les pores. Une fascination se dégageait d'elle qui le remuait au plus profond de sa sensualité ; elle prenait possession de tout son être, s'imposait à sa chair.

Il n'ignorait point son histoire, ses aventures, en quelles grandes folies elle s'était dépensée dans la cour impériale. Alors une vanité s'éveillait qui faisait taire toutes les sagesses de l'homme : l'ambitieux paraissait, et c'était une âpre et délicieuse joie pour ce dictateur et pour ce tout-puissant, d'ajouter cette femme à sa domination, de joindre au pouvoir suprême une débauche qu'il jugeait considérable, et de compléter ses rêves en mordant à même dans ce vivant restant d'empire.

Facilement Mme de Pahauën se rendait à ses sollicitations de vieux militaire amoureux. Par une complication savante, elle cédait, irritant encore ses désirs par des stratagèmes de fausse pudeur, et puis un beau jour devenait sa maîtresse, brusquement, comme si elle s'abandonnait.

À partir de ce moment, cet homme qui tenait dans sa main la destinée de toute une ville, qui pouvait décider du succès et changer la face de l'histoire, hautain et superbe pour tout le monde, était secrètement manié par la capricieuse et fantaisiste main d'une femme. Et il ne savait au juste quel plaisir était le plus grand, ou celui de donner des ordres à l'armée qui ne pouvait discuter ses décisions, ou d'obéir lui-même à cette déréglée petite cervelle de Mme de Pahauën, qui, dans le siège, ne voyait qu'un prétexte à amusement, et trouvait une satisfaction à faire joujou avec la guerre.

Partout elle l'accompagnait. Il était rare qu'on vît passer le général tout seul. Derrière lui, à une légère distance, un coupé discret s'avançait toujours, où ses cheveux rouges éclatant comme une énorme fleur sur les capitonnages de soie mauve, une femme sortait de l'engoncement de ses fourrures et passait, de temps en temps, à la portière une tête curieuse et des yeux interrogateurs. On la rencontrait dans tous les retranchements, partout où l'on remuait de la terre, partout où le génie essayait d'élever des redoutes et d'improviser une défense. On la connaissait, et, à la longue, des légendes se racontaient à son sujet. Du Moulin-Sacquet au Mont-Valérien, de Bobigny à Bagneux, les imaginations militaires déréglées par de vieux souvenirs de romans-feuilletons, s'ingéniaient à la comparer à quelque héroïne des temps passés, à quelque Jeanne d'Arc ou Jeanne Hachette, venue au milieu des camps pour exciter les courages et assurer la victoire.

Les journaux aussi parlèrent de Mme de Pahauën. Ils évoquèrent autour de son désœuvrement les souvenirs des femmes romaines, les dévouements des épouses de Lacédémone ; un poète l'appela : l'Ange des avant-postes, et bien qu'au fond, les moins clairvoyants lui soupçonnassent quelque liaison amoureuse, bien que les sceptiques ne dissimulassent guère qu'elle étalait simplement une honte éclatante, son laisser-aller, sa bonhommie, sa blague avec les soldats, les rations de vin qu'elle faisait distribuer par-ci par-là, en supplément, lui gagnaient tous les cœurs. Des vivats souvent accompagnaient sa voiture au départ, et la mode de l'époque étant à l'exaltation des individus nés dans les provinces envahies, la garde nationale, se mêlant au concert de bénédictions qui montait des avant-postes et des forts, l'admirait comme une grande dame alsacienne. On en causait le long des remparts. La plupart ne doutaient pas qu'au jour de la bataille elle irait au feu, carrément, comme un homme. Du reste, il n'y avait pas à contester son tempérament guerrier et ses qualités militaires. On avait pu la voir, un jour, grimpant hardiment le long des talus des bastions, sans demander le bras de personne, et près des pièces de canon qui tendaient leur cou de bronze dans la fente gazonnée des embrasures, longuement, elle s'était fait expliquer par les servants les détails de la manœuvre, avait paru s'intéresser vivement aux ailettes de zinc des obus, à la mathématique de la trajectoire. Un jour même elle avait poussé la bonne grâce jusqu'à jouer au bouchon. Une heure tout entière, ses jupons ramenés entre ses jambes de façon à former culotte et à ne pas gêner ses mouvements, elle fit la partie avec une escouade de gardes nationaux. Autour d'elle les postes voisins quittant leurs baraquements s'étaient groupés, la pipe à la bouche, émerveillés de la générosité avec laquelle elle jouait vingt francs contre deux sous, à tous les coups. Par diplomatie, pour accroître sa popularité, elle avait eu la malice de perdre, et le soir, avec l'argent de son enjeu, tant de bouteilles furent bues dans les cantines, tant de toasts furent portés en son honneur, des voix avinées répétèrent si bruyamment les paroles de patriotique encouragement qu'elle avait prononcées tout en jetant ses palets, que Mme de Pahauën, universellement, fut reconnue comme une sorte de divinité. Les courtes intelligences populaires, toujours portées à la glorification et au symbolisme, voyaient en elle on ne savait quel personnage extraordinaire incarnant dans la ville en armes la gaieté française résistant à tous les échecs, triomphant de tous les désastres, répondant ironiquement aux éclats d'obus par des éclats de rire. Maintenant cette prostitution glorieuse contrebalançait l'influence morale du képi même de M. Victor Hugo.

Aussi, les jours qui suivirent le départ de Mme de Pahauën, les bastions s'attristèrent. Il y avait moins d'entrain le long des remparts, et les gardes nationaux, en sentinelle, bâillaient, regardant désespérément si le chemin désert à perte de vue n'allait pas leur ramener la voiture armoriée d'où descendait autrefois l'élégante femme, au sourire de laquelle ils présentaient les armes, galamment, comme à une puissance. Seuls des caissons défilaient, le sinistre va-et-vient des ambulances. Ou bien encore c'étaient des canons, des convois cahotants, tirés avec lenteur par l'agonie trébuchante des rosses maigres, invraisemblablement.

Certains jours la tristesse désolée du chemin de ronde s'animait du brouhaha de nombreux bataillons en marche, du tumulte des sorties projetées. Les soldats passaient, bien alignés, suivis par des adieux. Il y avait dans l'air des claquements de baisers, des souhaits de victoire, et les régiments marchaient avec plus d'entrain, comme si un peu d'espérance leur revenait au cœur. Puis les mêmes efforts donnaient les mêmes résultats, toujours. Des coups de canon étaient entendus, longtemps, très loin. Des dépêches télégraphiques arrivaient, lentes, contradictoires ; l'angoisse à mesure envahissait Paris où l'ombre tombait comme une tenture de deuil. Puis, aux clartés vacillantes des lampes de pétrole installées pour remplacer le gaz, les troupes rentraient, débandées, avec une défaite de plus et des canons de moins, tandis que derrière elles, à cheval, un peu en avant de son état-major, le général, pensif sous les galons de son képi, passait, désirant follement le retour de Mme de Pahauën, comme si son écervelée maîtresse pouvait, dans les plis de sa robe et les fossettes de ses joues, lui rapporter son énergie d'homme, exilée avec la gaieté de la courtisane, comme si ses baisers avaient dû consolider ce pouvoir qu'il sentait vaciller à mesure sous les sanglantes ironies de Paris quotidiennement vaincu.

### III

À Versailles, Mme de Pahauën n'avait rien retrouvé de sa vie envolée des belles époques de l'Empire. Son récent prestige de maîtresse favorite disparaissait également. Sans autorité, presque sans argent, elle menait une existence maussade, vexée au plus profond de sa vanité d'être confondue avec la masse des femmes entretenues que la peur d'un bombardement, ou simplement un naturel espoir de gain facile avaient attirées au milieu des Prussiens.

Son arrivée avait été plus que modestie humble. Tout d'abord, elle avait été désorientée parmi le brouhaha guerrier de cette ville si majestueusement morte, à laquelle l'invasion donnait un mouvement extraordinaire et comme une résurrection d'un instant. Avenue de Saint-Cloud, dans un petit hôtel meublé plein d'officiers en casque, d'ordonnances au langage rude, aux éperons sonnant continuellement sur les marches des escaliers, elle avait eu assez de peine à se procurer une chambre étroite, avec un mesquin cabinet de toilette, où elle faisait coucher sa femme de chambre qui rechignait. La propriétaire, profitant de l'occasion, et tirant un lucratif parti des malheurs de ses compatriotes, lui avait loué ce campement un prix exagéré : 30 francs par jour, sans compter les frais journaliers du service. Et la bonne dame, sanglée dans son corset, éplorée sous son bonnet à larges rubans roses, avec des larmoiements d'usurier et des clignements d'yeux d'entremetteuse, lui avait fait remarquer qu'elle consentait à des concessions inouïes. Elle ne lui en faisait pas un reproche, mais là, vraiment, une location à ce prix-là, elle y perdait. Heureusement pour Mme de Pahauën qu'elle était Française, sans quoi, elle n'aurait jamais conclu un marché à ce prix qu'elle considérait comme tout à fait dérisoire. Songez donc, une chambre au troisième, à peine, car l'entresol n'était pas très haut, avec vue sur la rue, encore. Un officier prussien qui désirait y habiter en avait offert une somme double. Mais, il faut bien s'entraider les uns les autres, n'est-ce pas ? Elle, elle tenait pour le dévouement mutuel. Du reste, au rez-de-chaussée de sa maison, elle avait ouvert une petite boutique où elle débitait du vin, des liqueurs ; et vendant du champagne frelaté, des eaux-de-vie avariées qu'elle baptisait audacieusement du nom de cognac et de fine champagne, Mme Worimann, Alsacienne, rattrapait sur les ennemis qui venaient boire en sa maison, les soi-disant pertes qu'elle éprouvait, en logeant à des prix excessifs les Français ou Françaises, Parisiens ou Parisiennes que le bonheur d'un sauf-conduit amenait à Versailles, cherchant un exil commode où l'on mangerait du pain blanc à l'abri des obus, sans cependant être trop loin des curiosités et des nouvelles de Paris assiégé.

À ces industries de logeuse en garni et de débitante de liqueurs, Mme Worimann, secrètement, joignait une profession dont les seuls revenus dépassaient de plus du triple les revenus déjà exagérés de ses commerces officiels. Ex-sage-femme qui s'était séparée de son mari et avait vendu sa maison avec son enseigne de fer-blanc peint, figurant un nourrisson qu'une dame bien mise découvrait dans un carré de choux et de roses trémières, après un procès en avortement, d'où elle était sortie acquittée faute de preuves suffisantes, Juliette Worimann, lors de l'arrivée des Prussiens, conçut immédiatement l'idée d'exploiter les vices de l'invasion. Après trois ans passés dans l'inaction, la conduite régulière et une hypocrite dévotion qui la menait tous les dimanches, à l'église Saint-Louis, écouter des messes, subir des sermons et faire brûler des cierges, l'ancienne matrone, au milieu du désordre de la guerre et de la détente de la surveillance policière, se reprenait à ce métier d'entremetteuse où jadis elle avait trouvé les plus clairs bénéfices de sa maison d'accouchement. Avec les Prussiens, elle n'avait à craindre ni procureurs, ni poursuites, ni cour d'assises. Dégagée de préjugés, profitant de la profonde connaissance de cette langue allemande qu'elle avait parlée, longtemps à Strasbourg, dans sa jeunesse, elle fournissait aux officiers bien rentés, le logement, la nourriture et l'amour. Ainsi, familière avec les généraux, complaisante avec les états-majors, elle avait échappé aux réquisitions que les Prussiens imposaient aux habitants. Protégée, à cause des services particuliers qu'elle rendait par son industrie, dans le désastre général, elle amassait des rentes. Pour elle, le Prussien n'était plus un ennemi qu'on hait, un exploiteur dont on se défend : c'était un client qu'on accueille avec un sourire, un consommateur qui rapporte et qu'on tâche de retenir avec des bonnes grâces. Intimement, Mme Worimann souhaitait la perpétuité de l'invasion. Douce avec tout le monde, affable par nécessité, répandue en bonnes paroles, elle n'avait de dureté que pour ce Paris lointain dont les incessantes canonnades lui faisaient craindre une sortie victorieuse. Alors, c'étaient les Prussiens chassés, Versailles redevenant français, son commerce tué pour toujours. Aussi, elle affectait de ne pas croire à l'efficacité de la résistance, et tremblant pour son intérêt, elle donnait le change en accusant journellement le gouvernement de faire massacrer les gens sans raison.

– À quoi tout cela servait-il ? je vous demande un peu ?

Sur le pas de sa porte, quand des blessés faits prisonniers passaient saignants, mutilés, criant dans les cahots des voitures d'ambulance, Mme

Worimann exhalait des pitiés si bruyantes, plaignait tellement les pauvres enfants « envoyés à la boucherie », ou « sacrifiés pour une cause perdue », que, dans le quartier, sa réputation en profitait. Assurément, comme femme, c'était une pas grand-chose, on en tombait d'accord, oui, mais aussi, elle avait un cœur d'or. Cela était également indiscutable. Puis elle rentrait, et ces mêmes tendresses, elle les prodiguait aux consommateurs bavarois, saxons ou poméraniens, commercialement.

Les mêmes circonstances qui avaient été favorables à Mme Worimann, rendaient désastreuse la position de Mme de Pahauën. Les femmes n'étaient pas rares sur la place, à Versailles, et la notoriété qu'elle pouvait apporter dans sa prostitution, la célébrité qu'elle avait à Paris, cessaient là, dans cette ville où les officiers ne savaient rien de la splendeur de ses relations antérieures, ignoraient tout de ses excentricités et de la fantaisie de ses caprices. Pour la première fois, Mme de Pahauën s'aperçut qu'elle vieillissait.

Autour d'elle, à la promenade, les désirs ne parlaient pas bien haut. En vain quand elle rentrait, elle interrogeait sa femme de chambre : ni lettres d'amour, ni envois de bouquets. Personne n'était venu. Ils ne venaient pas davantage les billets poétiques et parfumés dissimulant la concupiscence secrète qu'ils expriment sous des formules de politesse et sous des exagérations du sentiment. Tous les matins, son lot d'hommages lui manquait, et le soir, elle restait seule au coin de son feu maigre, sans cour d'adorateurs, sans conversations d'amis, tandis qu'au loin les canons tonnaient, et qu'elle écoutait leurs décharges qui sonnaient dans la nuit, lugubrement d'accord avec ses pensées. Rien, pas même la lettre brutale, offrant de l'argent, sèche comme un calcul et brève comme un prospectus.

La vie se faisait dure à Mme de Pahauën. L'argent qu'elle avait emporté avec elle diminuait vite, et quand il serait épuisé, comment et où s'en procurer ? Jamais elle n'avait fait d'économies, elle n'avait de compte chez aucun banquier. Elle dut s'adresser à Mme Worimann. Celle-ci se montra bienveillante, et tout en l'exploitant et en lui prêtant à des taux invraisemblables, profita de l'occasion pour lui donner quelques conseils.

– Pardieu, elle en avait connu d'autres, et des grandes dames encore, qui s'étaient trouvées dans des embarras aussi grands, et même plus. Eh bien ! elles s'en étaient tirées. L'important, par exemple, était de ne pas manquer d'initiative ou alors, si soi-même on n'osait pas d'ailleurs, elle comprenait ça, il y a des fois où la chose est assez difficile, eh bien ! on s'adressait à une personne de confiance qui se chargeait de…

Et, dans une fin de phrase où elle essayait de dissimuler avec des mots délicats l'énormité de sa proposition, elle offrit ses services. Du reste, elle demandait pardon à madame, mais au fond, elle avait lieu d'être flattée, madame avait été remarquée l'autre jour par un officier supérieur.

– Quel officier ? demanda Mme de Pahauën, je n'entends rien à ce que vous voulez dire. Expliquez-vous, voyons ?

– Un de ceux qui sont auprès de l'empereur Guillaume. Ils ont un nom. Ma foi je ne sais plus comment.

– Eh bien, ce monsieur, que veut-il ?

Alors Mme Worimann croyant d'avance au consentement de Mme de Pahauën, la voix basse, les yeux brillants, lui apprit ce qu'on désirait d'elle, et le prix qu'on était décidé à mettre pour la possession de sa personne.

Pour la première fois, Mme de Pahauën eut conscience de son infamie, sa vie tout entière à ces mots lui apparut méprisable et turpide. Tout le décor de luxe, l'apothéose de féerie dans lequel elle avait trôné, triomphante, accumulant les impudicités et compliquant les débauches, d'un coup, s'écroula. Dans une évocation soudaine, elle se revit passant au milieu des salles des Tuileries. Les orchestres, cachés, chantaient sous des fleurs ; on dansait et il y avait d'un bout à l'autre, sous l'éclatante lumière des lustres, des ondoiements d'épaules blanches où ruisselaient des diamants. Des généraux, des diplomates, dont les noms jetés par les valets à l'entrée des salons, sonnaient majestueux et célèbres par-dessus tous les autres, inspirant le respect aux gens même qui les prononçaient, s'empressaient autour d'elle, briguant la faveur d'un regard, heureux de pouvoir être admis à ramasser son éventail ; et ceux-là considéraient dans la suite avoir été l'objet d'une distinction suprême, qu'elle avait autorisés à faire, avec elle, un tour de valse, par hasard. On la consultait pour la conduite du cotillon, elle réglait les figures ; et quand l'envie lui en prenait, elle avait des inventions prodigieuses qui bouleversaient le bal et dont les retentissements étaient si lointains que des ministres même, dans la suite, en demeuraient ébranlés.

Elle s'apercevait encore rayonnant dans les feux d'artifice, chantée dans tous les Te Deum, et autour d'elle, comme autour de l'incarnation féerique de la corruption et du détraquement d'une époque, les chants des prêtres montaient, mêlant leurs hosannas aux flammes de Bengale. Puis, quand l'Empire croulait, par la toute-puissance de son sexe et l'omnipotence de sa dépravation, elle dominait encore !

Trois mois durant, elle avait été maîtresse de Paris, et jamais d'un bout à l'autre de la ville enserrée dans ses bastions, il n'y avait eu une volonté contre sa volonté. Elle avait commandé aux généraux, fait ployer les disciplines, et que de fois des ordres avaient été donnés qui obéissaient à ses caprices. C'était sa fantaisie qui tout à l'heure avait fait livrer des batailles ; quand il lui avait plu, elle avait fait de la gaieté ; quand il lui avait plu aussi, elle avait fait de la mort. Et maintenant voilà qu'on osait lui offrir le lit d'un Prussien, voici que la misère venait qui allait la forcer à toutes les soumissions. Alors elle se révolta. Elle consentait bien à être la courtisane éclatante que maudissaient les Juvénals, et qui, malgré tout, sent l'admiration des badauds soulevée autour d'elle avec la poussière de sa voiture, quand elle passe si majestueusement insolente que le doute vient aux honnêtes gens et qu'un désir mauvais gonfle le cœur des humbles. Mais quoi donc, maintenant, elle tombait à ce point qu'on la prenait pour une prostituée vulgaire et qu'on offrait de son sourire et de sa chair un prix déterminé, elle qui, jadis, sur la promesse d'un baiser, avait ruiné des familles et amené la faillite de banquiers !

Il lui sembla comprendre. Assurément quelque chose d'épouvantable s'était passé, quelque chose dont sa tête écervelée ne s'était pas rendu compte. Si elle était déchue ainsi, un cataclysme terrible avait certainement frappé autour d'elle, quelque part. Dans ses malheurs personnels, elle eut la notion d'infortunes générales : elle entrevit la misère de la catastrophe commune, et dans la déroute de son opulence elle devina des infinis de désastres, d'irréparables immensités de ruines. Ainsi, c'était donc ça l'invasion, c'était donc ça la guerre !

D'un bout à l'autre de la France, Mme de Pahauën rêva de femmes comme elle, abandonnées, sans le sou, s'endettant dans la nudité sale des chambres d'hôtel, au milieu du marchandage des luxures et du trafic des entremetteuses. La patrie envahie lui apparut comme un endroit de désolation où les courtisanes même n'avaient plus la liberté de leurs corps et le choix de leurs amants. La douleur lui donna un peu d'intelligence. Un élan d'enthousiasme patriotique lui fit soudainement admirer ceux-là qu'elle n'avait pas remarqués d'abord, ces soldats improvisés, armés au hasard, et qui luttaient désespérément. Le spectacle qu'elle avait contemplé avec le laisser-aller d'une belle dame, s'éventant bien à l'aise dans sa loge, lui apparut alors dans toute l'horreur de son développement, dans toute la grandeur de son humanité féroce. Elle seule, jusqu'à présent, n'avait point souffert de la souffrance générale.

Elle était passée souriante au milieu des morts, et des pudeurs lui vinrent pour cette insouciance et cette tranquillité dans lesquelles elle avait vécu si longtemps. Elle sentit qu'à son tour l'heure du sacrifice était venue ; elle aussi voulut se dévouer comme la femme de Paris, qu'elle revoyait maintenant grelottant à la porte des boucheries, sur les boulevards, où tombaient des obus ; comme celles-là qui, dans les défenses de ville, prenaient un fusil et faisaient le coup de feu. Alors, oubliant sa misère, ses poches vides, son train de maison réduit, sa femme de chambre grognant et réclamant sans cesse l'arriéré de ses gages, Mme de Pahauën repoussa avec dédain les offres de Mme Worimann. Elle, se vendre aux Prussiens ? Allons donc, jamais !

Mme Worimann insistant, elle éclata en injures, lui reprocha le métier qu'elle faisait : une Alsacienne !

– Il ne fallait pas être Française pour consentir à de pareils trafics.

– Ainsi vous refusez ! Pourquoi ?

Mme de Pahauën prit un grand air de dignité. Et tandis que tout se mélangeait en elle, son amour pour Paris, ses exagérations de femme et ses gestes anciens appris quand elle jouait les grandes dames sur les planches d'un petit théâtre, elle répondit :

– Parce que je suis Parisienne, parbleu ! et que les Parisiennes ne font pas comme vous, des lâchetés.

Et tournant brusquement les talons, elle sortit. Derrière elle les portes claquaient. Mme Worimann, qui la regardait s'en aller d'un air de douce pitié, répétait :

– Ce n'est point la peine de faire tant d'embarras. Tu y viendras, ma petite, tu y viendras, et peut-être encore plus tôt que tu ne crois.

En attendant, elle crut de sa dignité de ne plus échanger un mot avec sa locataire.

Des journées se passèrent, des journées, encore des journées. La vie de Mme de Pahauën s'écoulait morne et désolée. Maintenant elle était seule, sa femme de chambre l'avait quittée après une grande dispute. Elle éprouvait ce surcroît de tristesse d'être obligée de faire son ménage elle-même. Par vengeance, Mme Worimann refusait de l'aider, et tous les matins elle traînait dans sa chambre, en peignoir, les cheveux dénoués, s'y reprenant à deux ou trois fois pour faire son lit. Les matelas à remuer fatiguaient ses reins peu habitués aux fatigues domestiques ; elle avait des maladresses constantes, et les précautions continuelles qu'elle prenait pour ne point salir la blancheur de ses mains, les gants qu'elle mettait pour les préserver, la rendaient si malhabile qu'elle cassait tous les menus objets fragiles auxquels elle touchait. Son élégance même l'abandonnait.

Jadis, elle avait été la vivante figure de la mode. Sur son dos, les toilettes doublaient de grâce, sur sa tête les chapeaux prenaient des imprévus de coquetterie. Maintenant, les costumes luxueux, les coiffures délicatement étranges dont elle avait fait la fortune et amené le succès, semblaient avoir perdu toute leur jeunesse et toute leur fraîcheur. Les rubans flottaient mous, sans éclat, avec des cassures de rubans fanés ; les traînes sur les trottoirs ondulaient avec un froufrou mélancolique et fatigué, et les failles, les satins, les cachemires, tout le coûteux falbala apporté avec soin dans le papier de soie des malles, semblait, sous le ciel de Versailles, le déballage misérable d'une maison de confection vendue après faillite.

En même temps que sa toilette, Mme de Pahauën vieillissait : son âge apparaissait avec ses rides. Là, dans sa chambre d'hôtel, elle n'avait plus ces crayons, ces dentifrices, ces fards, ces poudres de riz, cette pharmacie d'ingrédients avec lesquels, tous les matins, une heure et demie durant, elle rechampissait ses charmes et consolidait sa beauté. Depuis longtemps le carmin dont elle se teignait les lèvres diminuait dans sa boîte, et, quotidiennement, elle l'économisait, faisant des prodiges d'invention pour se conserver longtemps encore le peu qui restait, épouvantée du jour de plus en plus proche où sa bouche éclaterait dans toute l'horreur de sa flétrissure, et où son sourire, derrière des lèvres gercées, découvrirait des dents jaunissantes et point poncées. Pourtant, c'était aujourd'hui son unique satisfaction : s'habiller.

Désœuvrée, rongée d'ennui, perdue d'inquiétudes, dérangée par des remords vagues, elle essayait de combattre la persistance de ses spleens par des ajustements de toilettes compliquées. Longuement elle se tenait devant sa glace étroite, un peu haussée sur la pointe de ses bottines, afin de se voir par-dessus le globe de verre dominant la pendule sur la cheminée. Par une recherche de coiffure, par un nœud de rubans, par un bijou retrouvé, elle essayait de revivre cette existence d'autrefois et de ressusciter pendant une demi-journée ce passé de luxe dont le souvenir la hantait. Puis, quand elle était prête, pimpante et correcte des bottines au chapeau, elle ne pouvait rester dans sa chambre. Tourmentée du besoin de sortir, du désir de se montrer, elle se promenait à pied, seule.

Alors dans la ville sinistre, aux fenêtres fermées, dans les rues où les habitants cédaient le pas aux uniformes et aux casques, tandis que les bourgeois ne mettaient le pied dehors que pour les courses indispensables, la toilette de Mme Pahauën prenait d'indéfinissables intensités de tristesse. Sa grâce devenait lugubre à faire pleurer, sa prétention tournait à l'épouvante. Les rares Versaillais qu'elle rencontrait se retournaient, riant sur son passage. Des quolibets suivaient le murmure empesé des jupons sales frissonnants sous la robe, l'incohérence malheureuse et savante de cette mise tapageuse. Des gouailleurs la comparaient au décrochez-moi ça des filles de maisons publiques, les jours de sortie. Et, à la vérité, c'était une chose comique et navrante que ce spectre de femme à la beauté fuyante, aux cheveux rouges redevenant noirs par suite du manque de la teinture périodique, qui, au milieu de la Prusse, au milieu de l'armée ennemie triomphante, semblait le spectre des élégances mondaines et comme le fantôme des splendeurs de Paris.

Bientôt Mme de Pahauën dut renoncer à ces promenades d'où elle revenait insultée, bernée comme une fille. Elle enferma ses robes dans ses malles, et calfeutrée dans sa chambre, vêtue d'un simple peignoir, désespérée, elle attendit. Qui sait ? peut-être un jour la fortune des armes lui serait-elle favorable, peut-être à la fin, Paris vainqueur lui ouvrirait-il ses portes ? Et prise d'un accès de dévotion, elle pria, demandant à Dieu avec ferveur de donner aux Français une victoire qui lui rendrait sa tranquillité à elle, ses domestiques, son hôtel, et son train de maison, et son luxe ancien.

Mais la victoire était lente à venir pour les armes françaises. Chaque combat livré n'amenait que des défaites. Mme de Pahauën, navrée jusques au fond du cœur, frémissait de colère, quand, sous ses fenêtres, les Allemands défilaient avec des hurrahs répétés, célébrant leurs succès. L'hiver s'allongeait désespérément rude. Là bas, Paris, tenace dans la défaite, luttait toujours, et les nuits étaient pleines du sourd grondement de ses canons acharnés. Oh ! comme elle l'aimait maintenant ce Paris lointain et terrible. C'était vers lui que convergeaient toutes ses espérances, et les dernières joies de la vieille courtisane étaient quand il emplissait l'horizon du fracas de ses forts et du tonnerre de ses remparts. À chaque bordée elle s'imaginait qu'un chemin allait s'ouvrir tout large, par lequel elle pourrait rentrer, et dans le craquement des mitrailleuses et les détonations stridentes des feux de peloton, elle imaginait des luttes définitives qui allaient décider de la France et changer la face des choses. La nuit venait, mettait sur ces journées d'angoisse la tristesse de ses ténèbres, la monotonie de sa neige, et rien n'arrivait. Dans la rue, les clairons prussiens sonnaient toujours la mélodie mélancolisante de la retraite, invariablement. Des régiments passaient, jouant les singulières et sourdes batteries de tambours qu'accompagne l'aigre chanson des fifres, et jamais au grand jamais dans la ville solennelle et morne, dans les longues avenues, dans les échos endormis du château tout rempli de statues des héros de la gloire française, figées sur leurs socles dans leur immobilité de marbre, jamais au grand jamais il ne semblait que les clairons aimés retentiraient encore, jouant la Casquette au père Bugeaud.

Et pourtant, des cancans apportés dans la chambre de Mme de Pahauën avec le coup de plumeau du garçon d'hôtel, avec les kilos de charbon de terre du charbonnier du coin, avec les rares visites que lui faisaient les femmes entretenues, ses voisines, ne représentaient pas les forces ennemies comme bien considérables. Le bruit courait que leurs fortifications étaient souvent dérisoires, leurs retranchements si inexpugnables, simulés. À peine avaient-ils quelques batteries sérieuses, vraiment garnies de pièces à longues portées et largement approvisionnées de munitions. Le reste se composait de tuyaux de poêle, de tuyaux d'égout, dont l'ouverture braquée sur Paris, au loin, dans les verres des lorgnettes, donnait l'illusion de gueules de pièces de siège. On citait les endroits, en même temps aussi les gens qui s'étaient aperçus de ce stratagème. On les nommait à voix basse, les ennemis étant très soupçonneux. Peut-être les récits exagéraient-ils la faiblesse des défenses improvisées, on en était généralement d'accord ; mais assurément tout n'était pas faux dans ce qu'on racontait.

Ces histoires, souvent répétées, entretenaient les illusions de Mme de Pahauën. Certaines nuits même elle pouvait croire que son rêve de délivrance allait se réaliser. Paris crachait de toutes ses bouches à feu, et Versailles s'allumait, tout entier, d'une grande lueur. Dans les rues, des estafettes couraient, autour des troupes pesamment massées, des commandements s'échangeaient. Les fenêtres des maisons s'éclairaient, et tandis que les troupes s'éloignaient dans la ville soudainement abandonnée et pleine de silence, les questions commençaient. Les Prussiens, vigoureusement attaqués à l'improviste, n'allaient pas pouvoir se défendre, c'était la sortie, la sortie en masse, la sortie victorieuse. D'enthousiastes espérances s'échauffaient en bonnet de nuit sur le pas des portes, chacun tendait l'oreille, interprétant tous les bruits dans un sens favorable. Le fracas des caissons, roulant là-bas dans les ténèbres, était pris pour celui des bagages du roi Guillaume qu'on emmenait pour les sauver du désastre certain et les ravir à la capture. On regardait le château, aucune lumière n'y brillait, et dans l'accès d'optimisme qui secouait la population, chacun concluait nécessairement que l'état-major allemand, saisi de peur, s'était enfui.

Mme de Pahauën était belle, surtout dans ces circonstances où l'imagination débordait. Fille du peuple, nourrie de la lecture des romans-feuilletons, l'esprit hanté par ces conceptions saugrenues qui se déroulent dans la folie de l'absurde et se dénouent avec des complications extraordinaires, elle avait des affirmations bouleversantes qu'elle débitait avec un imperturbable aplomb. Ainsi, elle donnait comme certain que le château de Versailles était miné. Les Parisiens attendaient seulement le moment favorable : une étincelle électrique, et v'lan le roi Guillaume, avec son état-major, sautait en l'air, d'un seul coup. Elle était sûre, également, que des souterrains passant sous la Seine, passant aussi sous les collines conduisaient d'Auteuil à la place d'Armes. Il n'y avait pas à en douter, la sortie devait s'exécuter de ce côté-là. Les Français marcheraient à couvert, et l'on rirait bien, tout à l'heure, quand tambours battants et clairons sonnants, ils déboucheraient au milieu de Versailles délivré, en plein.

Elle disait ces niaiseries sérieusement ; elle-même y croyait éperdument. Elle prétendait même entendre sous la terre des pas sourds, cadencés comme ceux des bataillons en marche. Et les plus sceptiques écoutaient, ébranlés par l'autorité de sa confiance. Oui, il leur semblait qu'on percevait quelque chose d'inusité. Souvent ce n'était que le tapage d'un cheval à l'attache dont les fers grattaient le pavé, dans une écurie voisine. Parfois c'était moins encore : le murmure du vent dans les arbres des avenues s'enfonçant dans la nuit. Le plus ordinairement ils n'entendaient rien, sinon ces imaginaires sonorités que les vives espérances font bourdonner dans les oreilles attentives.

Le matin se levait, mettait ses clartés malades le long des maisons anxieuses, et les Versaillais, les yeux tout brouillés d'une nuit d'insomnie, le corps courbaturé par l'espérance continue de cette délivrance qui n'arrivait pas, voyaient rentrer les troupes ennemies. Elles chantaient bien en rang, comme si elles fussent revenues d'une inspection ou d'une revue. L'attaque des assiégés était repoussée encore une fois, et Mme de Pahauën tout en larmes, pleurant sur elle-même, tout en ayant l'air de pleurer sur la France, écoutait par-dessus la cadence des bottes marchant ensemble, rythmiquement, les canons essoufflés qui, dans le bleu livide d'une aurore d'hiver, tiraient à longs intervalles. Et leurs salves semblaient sonner le glas funèbre de Paris à l'agonie.

Paris, c'était maintenant l'obsession permanente de Mme de Pahauën. Elle le sentait à l'horizon, elle avait pour la ville immense les tendresses que, dans l'éloignement, on éprouve pour les personnes gravement malades. Un jour même, elle n'y tint plus, elle voulut le revoir, se mit en marche. Longtemps elle erra, repoussée par les sentinelles, chassée par toutes les consignes. Elle allait, errant sur les collines, à travers les bois dépouillés, glissant sur les restes de neige sans parvenir à apercevoir ce Paris colossal qui semblait se refuser. Pourtant, un instant, sur les hauteurs qui dominent Meudon, elle s'arrêta. À travers l'entre-croisement des branches qui mettaient sur le ciel des dessins fins et déliés comme des traits d'eau-forte, dans une courte échappée, la ville lui apparut.

Il était quatre heures du soir, la nuit était déjà venue. L'ombre autour s'épaississait, et Paris, confondu avec les ténèbres, n'était qu'un tas énorme d'obscurité. Mme de Pahauën tressaillit. À peine si elle le reconnaissait, dans cette masse noire étagée, là-bas, au fond du grand trou creusé entre les collines. Ce n'était plus le Paris illuminé et féerique, qui, le soir des promenades d'été, était aperçu à l'horizon, débordant de lumière et de vie, poussant vers le ciel plein d'étoiles le souffle de ses poumons, le murmure de ses rues, et dont les innombrables becs de gaz semblaient mettre sur la terre le reflet de tous les astres du firmament. Maintenant la buée rouge qui flottait au-dessus de lui avait disparu. L'activité paraissait avoir abandonné cette ville sans gaz, qui gisait dans le pli du vallon, avec les refroidissements sinistres d'un astre à jamais éteint. À peine, si deci delà, dans les profondeurs de son horizon d'ombre, une pauvre clarté oscillait, lointaine, tremblante, et cette rare lumière faisait songer Mme de Pahauën. Malgré elle, elle la comparait à ces bougies qu'on allume pieusement au chevet des morts.

Tout à coup, sous ses pieds le sol trembla, secoué par des détonations successives : les oreilles lui tintèrent douloureusement. À sa droite, à sa gauche, une lueur immense courut, l'amphithéâtre des collines s'alluma des lueurs d'un immense incendie, un épouvantable fracas de mitraille éclata, des projectiles sifflèrent. Dans Paris, soudainement éclairé, des obus éclataient de place en place. C'était le bombardement. Les bordées se suivaient, calmes, réglées, mathématiques, tandis que là-bas, Paris, dans une immobilité cataleptique, ne ripostait pas. Rien ! Pas un coup de fusil aux avant-postes, pas un coup de canon aux bastions. Si bien que, dans les intervalles de silence, on entendait comme des écroulements de maisons, distinctement.

Alors, madame de Pahauën se trouva lâche. Elle eut honte d'avoir fui la ville désolée, elle se reprocha d'être à l'abri, pendant que ses concitoyens souffraient, maigris par la famine, décimés par les combats, nuit et jour. L'effroi augmentant l'intensité de ses sensations, elle s'imagina que chaque coup portait, et que, dans cette ombre funéraire, toute décharge ruinait un quartier, tout éclat de bombe faisait un mort. Paris lui apparut alors comme une ville de massacre et de décombres, et son spectre la hantait comme un remords. Elle détourna la tête, et faisant un effort pour s'arracher du sol où la clouait l'épouvante, mettant de temps en temps la main devant ses yeux comme pour échapper à l'obsession sinistre de cette vision, à travers champs, elle courut jusqu'à Versailles.

Maintenant, son parti était pris : coûte que coûte, elle irait à Paris. Il lui fallait sa place au milieu des misères ; elle voulait sa part de souffrance, demandait son morceau de danger. Et puis, si tout était fini, si Paris devait crouler et avec lui l'Empire, vingt ans de corruption, elle se figura qu'elle manquait au dénoûment. Comme les cabotines, à la scène finale, au milieu des jets de lumière électrique et des flammes de Bengale du dernier acte d'une féerie, il lui sembla qu'elle devait réapparaître et tenir son emploi dans cette funéraire apothéose. Elle songea aussi qu'elle pourrait exaspérer les résistances, fouetter les colères, animer enfin cette défense somnolente et lui souffler des audaces. Oui, elle irait. Elle dirait de combien peu de troupes disposait l'ennemi. Elle dénoncerait ses forces dispersées, ses armements insuffisants, ses fortifications fictives, la pauvreté de son corps d'investissement, et qui sait ? peut-être arriverait-elle à secouer les torpeurs et à décider les hésitations.

Le bombardement entendu au loin continuait, correct, effroyable. Paris se taisait toujours, résigné.

Alors elle rêva de choses immenses : les forts tonnant à sa parole, l'armée marchant sous son impulsion, et le souvenir romanesque de ses lectures se mêlant à l'exaltation de ses nerfs, elle s'imaginait qu'un jour elle tiendrait sa place, dans l'histoire, à côté des héroïnes célèbres dont le courage et la volonté avaient affranchi des peuples et délivré des patries.

Résolue à tout, dans sa fièvre de patriotisme, de retour à Versailles, elle alla trouver Mme Worimann. Elle se fit humble, travailla par de doucereuses paroles à rentrer dans les bonnes grâces de l'entremetteuse, puis, brusquement, comme gênée par ses bassesses, elle lui déclara qu'elle acceptait.

– Quoi ? qu'est-ce que vous acceptez ? demanda hypocritement Mme Worimann.

– Ce que vous m'avez proposé l'autre jour, vous savez.

Mme Worimann fit un geste qui signifiait : je savais bien que vous y viendriez.

– Seulement, continua Mme de Pahauën, je mets une condition expresse. Vous m'entendez. Le lendemain j'exige que les moyens me soient facilités pour rentrer à Paris. Autrement, il n'y a rien de fait.

Longtemps, Mme de Pahauën attendit la réponse. Deux jours passés, et elle était encore là, dans sa chambre, marchant à grands pas, tremblant que cet officier de l'entourage de l'empereur Guillaume n'eût changé d'avis et ne la refusât, à cette heure. La glace lui jeta son visage. Elle se trouva laide, et s'avoua à elle-même qu'elle n'était plus guère désirable. Alors la vieille courtisane s'ingénia. Elle employa tous les artifices pour rétablir, ne fût-ce qu'un jour, sa croulante beauté. Ses pots de fard grattés jusqu'au fond rendirent à son visage une jeunesse momentanée, le rose revint aux lèvres avec un peu de pommade. Un bout de crayon retrouvé dessina l'arc fuyant des sourcils, un rien de khol bleuit à nouveau sous la paupière ravivant les flammes éteintes de l'œil, et Mme de Pahauën, la célèbre et l'adorable, ressuscita, parce qu'elle le voulait.

Quand Mme Worimann entra dans sa chambre, à peine si elle reconnut sa locataire.

– Jésus Dieu ! s'écria-t-elle, comme…

Mme de Pahauën lui coupa la parole, et d'une voix brève.

– Eh bien ?

– C'est entendu.

– Tout ? Absolument tout.

– Absolument tout. Puis, après avoir scrupuleusement indiqué l'heure et l'endroit :

– Vous n'avez plus besoin de rien ?

– De rien.

– Alors, adieu, madame.

Mme de Pahauën s'étira, étendit les bras comme une femme qui échappe enfin à une longue courbature, et poussant un soupir de satisfaction.

– Enfin ! Maintenant nous allons donc rire.

En bas, Mme Worimann, devant sa caisse, venait d'ouvrir son porte-monnaie. Elle prenait un à un les thalers qui lui avaient été comptés pour prix de sa proxénétique intervention, et, tandis qu'elle les contemplait longuement, des éclairs de cupidité satisfaite s'allumaient dans les yeux louches de l'entremetteuse.

## IV

C'est le cent-douzième jour du siège. Le matin, des affiches ont été posées encore ; le rationnement de la viande a été réduit de nouveau, et le pain tout noir, quand on le coupe, met sous le couteau des hérissements de brosse, quand on le mange, sous la dent, des craquements de caillou. Maintenant, les boulangers sont remplacés par des chimistes : d'empiriques préparations suppléent à la farine qui manque. Dans les greniers vides, on balaye avec soin les épluchures de céréales, les débris d'avoine, les grains de blé fermentés et salis, et cette pâte-là se vend très cher qui contient encore quelques vestiges des matières avec lesquelles le pain se confectionne ordinairement. La viande de cheval est devenue mauvaise. On la prend où l'on peut, dans les écuries de plus en plus désertes : l'équarrisseur aujourd'hui fournit la boucherie, et sur la table, la viande échauffée, coupée sur la carcasse des rosses maladives et affamées, fait monter au nez des convives un âcre et pestilentiel fumet qui lève le cœur, empêche l'appétit.

De grandes dépenses se font. À prix d'or on se dispute chez les marchands les dernières boîtes de viandes conservées, on s'arrache les comestibles très rares qu'improvise l'ingéniosité des estomacs affamés. Les chiens, les chats, les rats sont achetés avec répugnance, apprêtés sans beurre, mangés avec dégoût, et les gastrites, de tous les côtés, s'aggravent. Plus de lait. Les nouveau-nés sucent péniblement des biberons rapidement séchés. De temps en temps, dans les rues, un bataillon qui passe, sur un commandement, se met au port d'armes, et des bières d'enfants défilent, couvertes d'un drap blanc. Et le même honneur se rend souvent, sur le même boulevard, pendant une marche d'une demi-heure. Les statistiques constatent que les maladies augmentent, et avec elles le nombre des décès, incessamment : les rues sont pleines de femmes en deuil, de gardes nationaux un crêpe au képi. Guère de famille qui n'ait son mort : toutes ont leurs angoisses.

La nuit, le bombardement jette sur des coins entiers de la ville le déchirement de ses obus, l'épouvante de sa tuerie anonyme ; le jour, on guette en vain dans les profondeurs neigeuses du ciel le vol espéré d'un pigeon voyageur apportant sous ses ailes l'annonce, au moins d'une victoire lointaine, un renseignement, même vague, sur ce que deviennent les parents là-bas, dans la province qu'on s'imagine dévastée, en proie à toutes les horreurs. Mais les ballons s'en vont emportant de jour en jour des lettres éternellement sans réponse. Le froid, le givre, les balles prussiennes terriblement adroites rendent toujours plus rares les rentrées des ramiers au colombier, et la soif de nouvelles est si grande, l'anxiété telle, qu'on achète des journaux, trois, quatre même, en vingt-quatre heures. Tous se répètent, et pourtant, quand un marchand passe criant : – Demandez les dernières nouvelles, les détails précis sur la sortie, – des têtes apparaissent aux fenêtres des maisons ensuairées de brume, des appels retentissent, des femmes, des enfants descendent, donnent leur sou, et, debout dans la rue, lisent la feuille imprimée, fiévreusement. La feuille redit ce qu'a conté la feuille précédente, reproduit les mêmes renseignements, copie les mêmes dépêches, et cependant, tout à l'heure encore, on se pressera à la porte des mairies, quêtant sous le grillage en fer où l'on colle les placards administratifs, l'aumône d'on ne sait quoi d'officiel qui serait une nouvelle. L'espoir a tellement abandonné les cœurs, qu'on ne compte plus sur l'annonce d'un succès : on demande seulement un changement d'ennui.

L'enthousiasme s'abat, les élans faiblissent, la ville apathique fait machinalement son métier militaire. À la longue la garde nationale s'est lassée de cette dépense de bonne volonté et d'efforts qui toujours ont été inutiles. Paris cependant continue à résister par la toute-puissance de la force d'inertie.

Une agitation quasi somnambulesque emplit les rues : les clairons sonnent, les gardes se montent, on relève les sentinelles, les canons tonnent, mais sans résultat, sans intérêt, automatiquement et par habitude.

L'abandon, la courbature morale de la ville ont gagné jusqu'au général en chef. Ses proclamations jadis si nombreuses sont devenues plus rares ; jadis si verbeuses, si dogmatiquement prolixes, elles sont devenues brèves et concises, extraordinairement. Sa stratégie, du reste, n'agit pas plus que sa plume. Il ne tente plus rien, il attend. La misère de ses dernières sorties a aiguillonné contre lui l'ironie de la population et il s'en venge. Il impute à tout le monde, à toutes choses, la fréquence de ses insuccès. Des fureurs hiérarchiques le secouent, hantent son cerveau, mènent sa main ; sa colère s'exhale contre ces boutiquiers et ces citadins qui se permettent d'apprécier les actes d'un militaire, d'un général. Il vient de signer le rapport quotidien, le renseignement officiel qui sera communiqué à tous les journaux ; il y est dit : « Des obus sont tombés au Point-du-Jour, des civils seulement ont été atteints, » et il s'applaudit, il trouve l'ironie finement cruelle.

De temps en temps, dans la déroute de ses stratagèmes, convaincu de son impuissance, un vieux reste de dévotion lui revient. Il éprouve le besoin de croire en Dieu : il voudrait qu'elles fussent encore possible ces grandes victoires des Gédéons intervenant avec des poteries qui repoussaient l'ennemi, ces grands renforts de Samsons faisant, d'un coup de poing, crouler les villes sur les assiégeants, et vaguement, se laissant aller à d'invraisemblables légendes, il rêve de triomphants libérateurs, comme ceux-là qui apparaissent soudainement dans les batailles des époques bibliques. Il espère la vision de Constantin, le labarum sacré entrevu dans les nuages promettant la victoire, et se souvenant d'Attila que les histoires représentent comme s'éloignant de Paris sur les prières d'une bergère, à tout hasard il a recours à sainte Geneviève et vient de songer à faire une neuvaine. Autour de lui, les dépêches télégraphiques s'accumulent, toujours mauvaises ; il en manie distraitement le papier bleu, il se demande si vraiment il serait prudent d'en donner communication au public. Déjà la veille, par un homme qui a réussi à traverser les lignes prussiennes, des détails lui sont arrivés, lamentables. Il ne les a pas divulgués. Et il reste là, abattu, ployant sous le chagrin de ses propres défaites, accablé aussi sous les désastres de province.

Maintenant le doute même n'est plus permis : c'est la capitulation à courte échéance. Longtemps il se défend, le mot seul effarouche tout son passé de dignité militaire, et cependant les vivres sont épuisés, les troupes diminuées de tous les morts et de tous les blessés de cinq mois de combats. Il y a bien la garde nationale. Involontairement, il sourit, plein du dédain des soldats de profession contre les soldats improvisés. Alors l'idée de capitulation réapparaît dans son esprit, et à mesure, le mot, insensiblement, se fait accepter. Après tout, il a fait tout ce qu'il était possible de faire : il n'a pas contrevenu aux lois qui déterminent la conduite d'un officier général commandant une place forte. Non, n'est-ce pas ? Il n'aura pas la gloire, soit ; mais au moins, son honneur est sauf. Il délibère en lui-même, s'accuse mollement, et, s'absolvant, décide qu'il a fait son devoir. Alors il se résigne.

Pourtant, par un suprême excès de conscience, il veut s'assurer si une sortie héroïque, désordonnée, est véritablement impraticable. Qui sait ? peut-être par une attaque à l'improviste pourrait-on forcer cette ligne d'investissement trop vaste pour n'avoir pas de points faibles. Alors il fait seller son cheval. Escorté d'un piquet de cavaliers qui mettent derrière lui la silhouette maigre de leurs chevaux, et comme le vivant spectre de la famine et du désastre, lentement il monte l'avenue des Champs-Élysées. Déjà le rond-point est dépassé. Le chemin, devant eux, jusqu'à l'Arc de Triomphe, s'étend boueux et morne. Des deux côtés, des maisons fermées, des hôtels abandonnés, par-ci par-là la tache blanche d'une enseigne de calicot sur lequel on lit le mot Ambulance. Le général se retourne, et derrière lui, jusqu'aux Tuileries, l'avenue, toujours aussi déserte, s'allonge dans la monotonie et la boue, serrée entre les arbres dépouillés, comme un sentier de forêt creusé de fondrières et raviné de trous. Sur le macadam défoncé, sur la chaussée mal entretenue où défilait jadis, dans les belles après-dînées mondaines, tout ce que Paris luxueux avait de galanterie, d'amour et de sourire, seul, un fourgon d'ambulance est aperçu. Des blessés y sont étendus gémissant à chaque cahot des roues, et le général, qui continue sa marche, les salue avec le geste classique de Napoléon Ier disant dans les vieilles estampes : « Honneur au courage malheureux. » Soudainement, à mesure qu'il approche de l'Arc de Triomphe, qui là-haut ouvre au bout de l'avenue son arche gigantesque, l'idée de l'ambulance qu'il vient de rencontrer se mêle à son vague souvenir des femmes élégantes que l'heure du bois lui avait si souvent montrées dans leurs voitures, en cet endroit, sous l'Empire. Peu à peu, les formes indécises flottant dans son esprit deviennent plus certaines, elles prennent un corps, et devant ses yeux Mme de Pahauën, mondaine et ambulancière, se lève avec toutes ses grâces et ravit son souvenir avec l'étalage de toutes ses séductions. Ah ! maintenant, comme il regrette sa colère d'il y a trois mois, l'excès de son emportement, la brusquerie rancunière avec laquelle il l'a poussée à l'exil, sans réflexion ! À cette heure désespérée où ses dernières ambitions de gloire agonisent, où tout ce qu'il avait souhaité se dérobe à l'étreinte de sa main rêveuse, où dans l'écrasement de la patrie il ne considère plus que la misérable déconfiture de sa vanité, au moins si Mme de Pahauën était là, sa présence lui tiendrait lieu de consolation. Avec elle dans les bras, il oublierait la pauvreté de ses entreprises, l'éternelle médiocrité du nom qu'il va laisser à l'histoire. Eh ! qu'importe, que tout échappe et que tout croule, si au milieu de l'effondrement universel et du deuil de tout un peuple, fuyant dans les débauches et l'enivrement sensuel le mépris qui s'accroît et la honte qui vient, il pouvait s'abîmer dans la jouissance d'un désir charnel réalisé, et si cette nudité de Mme de Pahauën il lui était permis aujourd'hui de la voir et d'y toucher encore !

En chemise, la chair à la fois disparue et montrée sous les découpures fines des dentelles, dans les déshabillés sans cesse provocants des anciennes nuits galantes, la désirée image de sa maîtresse le poursuit. Elle est auprès de lui, quand il pose le pied à terre, remettant à un dragon la bride de son cheval ; elle monte avec lui, pas à pas dans l'obscurité de l'escalier pratiqué dans l'Arc de Triomphe, avec lui, elle est sur le sommet, auprès du poste télégraphique, dont la sonnette d'appel, à tout instant, retentit. Et

Paris tout entier, sous leurs pieds se déploie emprisonné dans un incessant cercle de fumée. Les canons des forts tonnent sans discontinuer, et là bas, plus loin encore que la ceinture des bastions, plus loin que l'enceinte reculée des ouvrages avancés, sur les collines, les canons prussiens qui répondent furieusement, arrondissent jusqu'à l'horizon un cercle de fumée où l'autre est enveloppé.

Une lunette à la main, le général regarde avec nonchalance ce spectacle monotone pour son œil de soldat. Il va, vient, de long en large, sur la vaste plate-forme, braquant sa vue une fois sur Gennevilliers, une fois sur Meudon, au hasard, puis revient au Mont-Valérien dont les pièces de marine, plus près, emplissent l'air d'un tintamarre plus fort, et tout ce grand remue-ménage l'excède comme une chose inutile. Même il s'en désintéresse, et machinal, regarde l'employé du télégraphe transmettre les ordres qu'il envoie, par habitude. L'appareil Morse fonctionne : il s'amuse au claquement sec du manipulateur, aux rouages d'horlogerie mettant en marche la bande de papier bleu où s'inscrivent les dépêches. Tout à coup, tout s'arrête, ses ordres sont transmis, collationnés, et il reste là surpris de la prompte fin de son plaisir. Mais la sonnette tinte à nouveau : une vis est levée, le papier se déroule, et sans savoir pourquoi, comme s'il se doutait qu'un bonheur est là, annoncé dans ces traits irrégulièrement longs et courts, il essaye de lire, le cou tendu, ne comprend rien à ces signes qui l'irritent par leurs hiéroglyphes, interroge l'employé.

– Eh bien ?

– Du pont de Sèvres, un parlementaire vient d'arriver aux avant-postes demandant une suspension d'armes d'une demi-heure pour faciliter la rentrée à Paris de Mme de P…

L'homme se penche,… épèle, hésite : « Madame… madame de Panavan, de Ponarvon.

– Madame de Pahauën ! s'écrie le général, et il répète à plusieurs reprises « Pahauën, Pahauën, » comme pour se convaincre lui-même de la réalité de ce qu'il dit.

– Accordé, oui, oui ; je sais ce dont il s'agit. Donnez en même temps l'ordre de conduire cette dame à l'hôtel de l'état-major.

Et comme s'il craignait d'en avoir trop dit, et d'avoir, par sa vivacité de parole, trahi la chaleur de sa passion, il ajoute cette phrase hypocrite :

– C'est là que je l'interrogerai, donnant ainsi à croire qu'il s'agit des intérêts de la patrie, et qu'il s'en préoccupe.

Tac, tac, tac, le manipulateur fonctionne ; s'il osait cependant, il forcerait l'employé à travailler plus vite. Tac, tac, tac, la dépêche s'en va peu à peu avec un petit bruit saccadé, et le général s'impatiente : jamais le télégraphe ne lui a paru si lent. Au loin le canon tonne toujours. Soudain les grondements diminuent à droite, diminuent à gauche. Les fumées qui s'envolent découvrent les collines, Meudon, Clamart, Sèvres, et dans le ciel un moment rasséréné le clocher de Saint-Cloud, seul, debout au milieu des ruines du village, lève sa pyramide blanche. Au-dessus du Mont-Valérien quelques rares flocons se traînent encore, tandis que le bruit des détonations décroît et meurt au loin dans les profondeurs des échos, en sourdine.
.

Alors pendant que les deux peuples qui, depuis six mois, s'acharnent l'un sur l'autre, et se mitraillent, et se battent, et s'écharpent, dans un effrayant spectacle qui tient l'Europe attentive, s'arrêtent un moment, pendant que la France et la Prusse, enragées dans la destruction et inventives dans la mort, suspendent leurs colères et font faire silence à leur haine, Mme de Pahauën, debout, dans un bateau, avec une apothéotique allure, traverse la Seine ensanglantée. Elle sourit aux rameurs pliés sur les avirons. Des officiers, sur la rive devenue allemande, lui font avec la main des signes d'adieu amicaux ; des officiers sur la rive française l'appellent avec des gestes d'intime familiarité, et dans l'immense désastre des rives ruinées, elle passe, affirmant ainsi au milieu des tueries la toute-puissance invincible de sa chair, le triomphe insolent de son sexe.

Longtemps le général, avec sa lorgnette, a suivi dans le lointain quelque chose de noir qui marche et qui doit être l'embarcation ramenant à ses désirs la Pahauën et sa luxure. Un instant, il ne voit plus rien, puis la même tache noire réapparaît, gagnant lentement la rive opposée. Elle y touche, maintenant elle se confond avec la ligne sombre de la rive, et soudain des drapeaux blancs qui flottaient des deux côtés, de place en place, sont abattus, des sonneries de clairons éclatent si furieuses que le bruit en arrive jusqu'à ses oreilles.

– Commencez le feu ! commencez le feu ! chantent de toutes parts les embouchures de cuivre, et de nouveau des cercles concentriques de fumées s'élèvent, devant, derrière partout, masquant les collines. Le clocher de Saint-Cloud s'enfonce à nouveau dans une nuée d'ouragan, et la canonnade recommençante roule avec un retentissement si épouvantable, qu'elle donne la sensation d'un tremblement de terre.

L'armistice est fini, Mme de Pahauën est à Paris. Derrière elle, le sang coule à nouveau, les maisons croulent, les ruines s'accumulent. Qu'importe, Mme de Pahauën est à Paris.

Le général, brusquement, est descendu. Il a repris son cheval au bas de l'Arc de Triomphe, et à franc étrier il a gagné l'hôtel de l'état-major, essoufflant à sa suite les squelettes galopants des rosses que chevauchent, sinistres dans leurs grands manteaux, d'affamés squelettes de dragons. Il attend. Pris d'impatience, il marche de long en large, tâchant d'user son anxiété dans l'effort d'un mouvement continu. Mme de Pahauën est lente à venir. Il ne peut pas se figurer que, du pont de Sèvres au milieu de Paris, la route soit aussi longue. Il s'inquiète, se reproche des négligences. Peut-être ses ordres donnés là-haut, du sommet de l'Arc de Triomphe, n'ont-ils pas été assez précis. Déjà il songe à en expédier d'autres qui les expliqueraient, d'autres encore qui en précipiteraient l'exécution, quand tout à coup la porte s'ouvre, et Mme de Pahauën, congédiant sur le seuil l'officier qui l'amène, paraît. Avec elle, tout le tintamarre de la ville bombardée et bombardant entre comme une escorte de colère.

Le général s'est précipité les bras en avant, tendus par la passion, et il l'appelle tendrement de son prénom :

– Huberte !

Mais Mme de Pahauën est très grave. Debout dans une robe noire, majestueuse et menaçante, elle repousse les lèvres qui s'approchent, les baisers qui s'offrent, et les tendresses, et les étreintes. C'est à son tour de refuser le général. Durement, avec des mots cruels où passe toute l'égoïste rancune de son séjour à Versailles, elle lui demande ce qu'il fait, pourquoi il ne se bat pas. Pour un peu, elle l'accuserait de n'être pas venu la délivrer, là-bas, dans son internement de la maison meublée de l'avenue de Saint-Cloud, et elle se plaint amèrement de son inaction, comme elle se plaindrait d'un rendez-vous auquel il aurait manqué. Oui, certes, il serait venu la chercher s'il avait eu du cœur.

– Ah ! pourtant, tu aurais bien dû t'en douter de ce qu'on s'embête là-bas ?

Et lui ne trouvant pas de raison à donner, se contente de répéter :

– Huberte, Huberte ! avec les airs de supplication d'un enfant demandant un jouet qu'on ne veut pas lui rendre.

Mais elle continue :

– Avec ça que la chose était difficile. Il suffisait de vouloir, voilà tout.

L'investissement n'était pas tellement serré qu'on ne pût pas le rompre. Elle le savait bien, elle, elle les avait vues ces fameuses fortifications prussiennes. Ah ça, est-ce qu'il coupait là dedans ? Des canons, des canons, mais c'étaient des tuyaux de poêle. Comment ! il n'avait donc pas deviné ? À quoi lui servait sa lunette ? Non vraiment, on n'était pas myope à ce point. Eh bien ! vrai, si tu savais ce qu'ils se moquent de toi, là-bas, les Kaiserliks !

Et prise d'une de ces crises d'éloquence qui sortent parfois de la bouche des femmes passionnées, elle vide devant lui tout ce qu'elle sait, tout ce qu'elle croit savoir sur la position stratégique des Prussiens. Avec une parole endiablée, pleine de trouvailles de mots et de bonheurs d'épithètes, elle répète les cancans, les faux renseignements, tous les racontars niais, toutes les inventions saugrenues, tous les invraisemblables détails qu'elle a ramassés à Versailles sur le palier, dans les conversations avec le garçon d'hôtel, Mme Worimann, la laitière, le charbonnier. À l'entendre, les Prussiens manquent de tout, de vivres, de munitions, même de patience. L'investissement les gêne autant que les Parisiens, même plus. Un jour de combat et ils n'auront plus de cartouches. Un semblant d'échec, seulement, et ils se révolteront contre leurs chefs, demanderont à retourner dans leur pays. C'est la sotte opinion qu'elle a entendu formuler très souvent, et elle la réédite avec une telle sincérité que la solidité de sa bêtise jette des doutes dans l'esprit du général. Peut-être dit-elle vrai ? et sans oser la contredire, désespérant en outre d'obtenir d'elle des renseignements définitifs, il répète câlinement :

– Huberte, Huberte !

Mais elle l'imite, fait la charge de sa parole et la parodie de sa tendresse :

– Huberte, Huberte ! Il n'y a pas d'Huberte qui tienne. Et tu te laisses bombarder, là, tu cuis dans ton jus, nom d'un chien ! sans te retourner !

Et elle évoque devant lui la misère des quartiers qu'elle a traversés tout à l'heure, Auteuil saccagé, les pans de murailles écroulés montrant les intérieurs des maisons effondrées, et poussant plus loin avec d'outrageantes apostrophes, elle multiplie les faits : le moindre détail remarqué sur la route, grossi par sa torrentueuse faconde, devient une accusation terrible sous laquelle il baisse la tête.

Pourtant il essaye de se défendre, invoque les difficultés de sa situation, sa responsabilité devant l'histoire.

– L'histoire ! dit-elle, si tu continues comme tu as commencé, tu en auras une chouette de place dans l'histoire, je m'en moque ! Et elle rit longuement avec une insistance d'ironie.

Alors, soudainement les vieilles ambitions se réveillent dans l'apathique personne du général. Maintenant que le hasard lui a fait reconquérir Mme de Pahauën, pourquoi n'essayerait-il pas de reconquérir à force de volonté la gloire qui s'en va. Qui sait ? peut-être il y a-t-il du vrai dans toutes ces choses qu'elle raconte. Sans doute, oui, on peut encore trouer les lignes ennemies, et il parle d'activités suprêmes, de sortie en masse, d'efforts irrésistibles. Déjà, il se voit vainqueur, dictant aux Prussiens les conditions de la paix, au pinacle de ses rêves et de ses désirs, acclamé, planant au milieu des admirations humaines et, par-dessus tout, couchant avec Mme de Pahauën.

Comme elle s'est radoucie, il lui explique ses projets et son plan définitif. Il emploiera la garde nationale, jusqu'au dernier homme, tous les bataillons donneront. Il s'accuse, peut-être est-ce là une troupe excellente dont il a eu tort de ne pas employer plus tôt le dévouement et la bonne volonté. La sortie sera formidable, et déjà, selon son habitude, il médite une proclamation pour exciter les courages et ranimer les vivacités de Paris assoupi. À part lui, il songe au mot de cet officier, ce mot qui l'a fait sourire, il y a cinq mois :

– Ces bons escargots de rempart, il faudra leur faire une saignée.

Eh bien ! cette saignée, il est décidé à la pratiquer, largement. Qu'importe si la fortune s'acharne à se montrer contraire : on ne pourra lui reprocher d'avoir négligé quelque chose des moyens à sa disposition. Si la ville doit capituler, au moins, son honneur à lui sera sauf.

– Tu le veux, dit-il, soit, on se battra.

Alors, Mme de Pahauën lui saute au cou avec la reconnaissance câline d'un enfant qui voit céder à ses caprices.

– Seulement tu sais, je veux être bien placée, tu me chercheras un bon endroit, pour que je puisse regarder ça, à l'abri.

Tout en parlant, elle l'embrasse, et leurs baisers, répétés, sonnent dans l'appartement silencieux.

V

Huit jours après, la sortie avait lieu, à tâtons, par le brouillard. Le soir, après toute une journée d'angoisses et d'attente, à la lueur rapide d'allumettes, sur les murs des mairies, on lisait des dépêches précises annonçant l'insuccès définitif, la reddition inévitable. En même temps, elles demandaient des renforts, des hommes, des chevaux, des voitures, pour tâcher d'arracher à la boue où ils gisaient, les morts et les blessés de la garde nationale écharpée, qui là haut, dans les bois, saignait à pleines veines.